照れたように笑った上条の掌が、神津の胸の突起を擦り上げる。
「……あっ……」
「愛してるよ、まー」

愛は淫らな夜に咲く

愁堂れな

Illustration
陸裕千景子

B-PRINCE文庫

※本作品の内容はすべてフィクションです。
実在の人物・団体・事件などには一切関係ありません。

CONTENTS

「愛は淫らな夜に咲く」人物紹介&STORY

神津雅俊《こうづまさとし》（32）

もと製薬会社社員で、今は大学の研究室勤務。真面目で奥ゆかしく、料理上手。あだ名は『まー』&『まさとっさん』。実は、あることに一抹の寂しさを感じていて…？

上条秀臣《かみじょうひでおみ》（35）

東京地検特捜部の検事。強面で服装も派手なので、よくヤクザに間違われる。最愛の恋人である神津と同棲中。あだ名は『ひーちゃん』。

STORY

上条と中津と高円寺は、三十年来の腐れ縁で、通称三バカトリオ。紆余曲折の末、上条には神津、中津には藤原、高円寺には遠宮という恋人ができ、それぞれラブラブな毎日を過ごしていた。しかし、上条と神津をある事件が襲い…!?

Others

藤原龍門(29) ふじわらりゅうもん
名の知れたフリーの敏腕ルポライターで、以前は新聞記者だった。上条や高円寺を「兄貴」と慕っている。あだ名は「りゅーもん」。

中津忠利(35) なかつただとし
ヤメ検弁護士で、佐伯法律事務所に勤務。優しく美しい顔立ちで、理知的だが、怒らせると怖い。藤原と同棲中。

Others

遠宮太郎(26) とおみやたろう
新宿西署の、美貌の刑事課長。キャリアの中でも、超がつく有望株との噂。気が強く、女王様気質で素直になれないが、高円寺に心底惚れている。あだ名は「タロー」。

高円寺久茂(35) こうえんじひさむ
新宿西署の刑事だが派手な服装を好み、見た目はヤクザ。ラテン系の、フェロモン全開の顔立ちをした美形で、明るく鷹揚な性格。遠宮のことが可愛くてしょうがない。

愛は淫らな夜に咲く

1

「よぉ、遅かったじゃねぇか」

出迎えてくれたこの家の主、上条秀臣《かみじょうひでおみ》が、中津忠利《なかつただとし》に笑いかける。

「龍門《りゅうもん》は？」

「来てる。腰軽く働いてくれてるぜ。なんのアピールなんだか」

まず上がってくれ、と上条が中津を導きリビングへと向かうと、既に揃《そろ》っていた面子《メンツ》が中津に笑顔を向けてきた。

「葬式だって？　休日にご苦労なこったな」

座の中央から陽気な声を上げた、まるでK1かPRIDEの選手のようながたいのいい美丈夫《びじょうふ》が、新宿西署《しんじゅくにししょ》の警部補、高円寺久茂《こうえんじひさも》、三十五歳。

「いらっしゃい。最初はビールにしますか？　それともすぐお酒にしましょうか」

初々しいエプロン姿で、料理を並べながら声をかけてきたのが、この家のもう一人の主、神津雅俊《こうづまさとし》、三十二歳。今は大学の研究室に勤務している。

「お疲れ。悪い、先に始めさせてもらってるよ」

キッチンから料理の大皿を手に顔を出し、中津に労《いたわ》りの声をかけてきたのは、同棲中の彼の恋人、藤原《ふじわら》龍門、二十九歳。最近名前が売れてきたルポライターである。

因《ちな》みに出迎えてくれた上条と中津が共に三十五歳、前出の高円寺と三人で『三バカトリオ』を結成して——いるわけではないが、五歳の頃からゆうに三十年の腐れ縁の親友同士なのだった。上条と中津は大学も同じ東大《とうだい》法学部で、上条は今東京地検特捜部の検事、中津は地検を辞め、大手法律事務所の看板弁護士になっている。

今日は特にこれという用事があったわけではないのだが、暑気払いに久々に皆で集まろうということになり、それなら家で焼き肉パーティでもやろうと上条が皆を彼の『新婚家庭』に招待したのだった。休日を合わせたはずだったのだが、突発的に中津に葬儀の予定が入り、彼だけ遅れて参加となった。

「誰の葬式だ？」

まずは飲め、とビールのグラスを差し出しながら、高円寺が中津に問いかける。

「所長の知り合いのお嬢さん。所長が行くはずだったんだが、この暑さでちょっと体調を崩してね」

「あの元気そうなじいさんが？　大丈夫なのか？」

今度は横から上条が尋ねたのに、中津は「多分」とビールを注がれたグラスを、乾杯、とばかりに彼らに掲げてみせた。

「前日ゴルフだったそうなんだが、熱射病になってね。だいぶ体調は戻ったんだが、大事をとったんだ。この炎天下に1ラウンド半もする元気があるくらいだからまあ、大丈夫だろう」

「佐伯《さえき》のじじいも相変わらずだなあ」

心配して損した、と上条は笑い、既に日本酒に移行していたグラスを中津のそれに合わせると、藤原と二人してせっせと料理を並べていた神津に話しかけた。

「まーのところの教授も体調イマイチなんだよな」

「うん。やっぱりこの暑さが堪《こた》えるようで今日も休みだった。今度の名古屋《なごや》での学会も行けるかどうか……」

心配そうに眉《まゆ》を顰《ひそ》める神津に、

「コッチは『相変わらず』とは言えねえな」

上条もまた心配そうな顔になる。

「しかし、教授が休みとなると、神津さんの負担が増えるんじゃないの？」

中津もまた心配して声をかけたのに、神津は「いえ」と笑顔で首を横に振った。

「僕なんかができることは限られてますから。もっと役に立てるといいんですけど」

「まーは奥ゆかしいからこんなこと言ってるけど、今や右腕だと言われてるんだぜ」

神津の言葉を上条が遮《さえぎ》り、彼の代わりに胸を張る。

「そんなことないですよ」

「ヒデの嫁さん自慢が始まったぜ」

慌てて首を横に振る神津を前に、高円寺が日本酒を飲みながら、がはは、と大声で笑った。

「そういやお前、今日も一人かよ。『嫁さん』はどうした」

神津がまったくもう、と睨《にら》んでいるのに気づいた上条が、話題を高円寺に振る。

「オヤジの飲みには付き合えねえってさ」

肩を竦《すく》めた高円寺に、上条が意地悪く絡む。

「相変わらず鼻持ちならねえ女王っぷりだな」

「おう、そこが可愛《かわい》いのよ」

上条の挑発に乗ることなく、高円寺は明るく笑い飛ばしていたが、その顔はどこか寂しげではあった。

「僕のせいか？」

中津が心配そうに問いかける。

「いや、関係ねえ。単に人見知りなんだよ」

気にするな、と高円寺は笑うと、二人のやりとりをそれこそ心配そうに見ていた藤原に一升瓶《びん》を差し出した。

「ほれ、飲め。りゅーもん」

「いや、今日は車なんで」

藤原はナイトよろしく、中津と同行するときには運転手役を買って出るため、常にノンアルコールで通していた。

「なにおぅ？　俺の酒が飲めねぇだと？　勝手に人を『兄貴』呼ばわりしておいてよ」

既に泥酔一歩手前だった高円寺が藤原に絡む。

「兄貴、無茶言わないでください」

「俺の酒が飲めねえなら、今日限り兄弟の縁を切るぜ！」

「もともと赤の他人だろ」

まったくもう、と龍門救出のために中津は高円寺の傍《そば》に席を移動し、代わりにとばかりに彼に向かってグラスを差し出した。

「僕が飲むよ」

「美しき夫婦愛か。ちきしょう、羨《うらや》ましいぜ」

悪態をついたものの、中津にはからきし弱い高円寺が大人しく中津のグラスにビールを注ぐ。

「皆が集まっているところにいきなり参加というのがハードル高かったら、個別に会って親交を深めるとかどうだろう」

「ま、もとからあいつは人付き合いが得意じゃねえからな。そう無理することでもねえだろ。これから長い付き合いになるんだ。機会があったらそのうち、おいおいな」

恋人の同席を望みながらもかなわずにいる自分への中津の提案を、高円寺は片目を瞑《つむ》って退け、グラスの酒を一気に呷《あお》った。

「……悪い」

「いや、ありがてえと思うよ」

いらぬ気遣いだったか、と詫《わ》びる中津に、高円寺は笑って一升瓶を差し出す。

「ビールなんぞやめてこっちにしろよ」

「ああ、そうだな」

さすが長年の腐れ縁、互いの気遣いを感じ取り、二人顔を見合わせ笑い合うと、中津は一気にビールを呷り、空にしたグラスを高円寺へと差し出した。

「いい飲みっぷりだねえ」

高円寺が嬉しそうに、どばどばと酒をコップに注ぐ。

「あ、コップ、新しいの出してきますんで」

慌てて神津が立ち上がろうとするのを、「このままでいいよ」と中津が笑って制した。

「……でも……」

「繊細そうに見えるが、中津は相当太いんだよ。俺らの中で一番神経太《ふて》えんじゃねえかな」

それでも気にする神津を上条がフォローする。

「え、そんなに太いんですか」

ぎょっとした顔になる藤原に対し、

「さすがにそれはない」

中津が真顔で否定したのに、場が笑いに、わっと湧いた。

「いやいや、中津は結構、太えぞ」

「そうそう、まあ、俺らのハートが硝子《ガラス》製っていう話もあるけどな」

ふざけ合う上条と高円寺が更に場を盛り上げていく。

「確かに、相当神経太くなきゃ、上条や高円寺とは付き合えないけどね」

「……それはありますねえ」

肩を竦める中津にあまりにもしみじみと神津が相槌《あいづち》を打ったのに、また場が笑いにどっと湧いた。

「神津さんも結構太くなってきたんじゃねえの？」

「今までが繊細すぎたからね。上条と対抗するためにも、少しは太くなったほうがいいよ」

高円寺と中津が茶々を入れるのに、

「対抗ってなんだよ」

上条が得意の三白眼《さんぱくがん》で彼らを睨む。

「ひーちゃんのしつこい夜のお誘いに決まってんじゃんか」

「だからひーちゃん言うなって言ってんだろ？」

がはは、と笑う高円寺に、上条が、がう、と噛《か》みつく。

「しつけえんだろ？　イヤなときは断れよ、まさとっさん」

「人んちの性生活に口出すなっ！　この万年発情男がっ」

高円寺と上条、二人のやりとりを前に真っ赤になっている神津を見やり、中津が「初々しいね」と藤原を振り返る。

「おう、そういや龍門、お前、中津とはどうなんだよ」

「そうそう、意外にお前は神経細いからな。まだ誘えねえってわけじゃねえんだろ？」

途端に上条と高円寺、二人の興味の対象が藤原に移ったのに、神津はほっとし、藤原はぎょっとして後ずさった。

「あ、いや、その」

「今日こそキリキリ白状してもらうぜ。中津との性生活をよ」

「おうよ。俺らにはそれ聞く権利、充分あると思うがなあ」

藤原に向かい身を乗り出す高円寺と上条に、

「それこそ人の家の性生活に口を出すな、だよ」

まったく、と中津が二人を睨む。

「中津の口から『性生活』なんて言葉が出るとはっ」

「なげかわしいぜっ」

おお、と戦《おのの》く二人に、中津が「誰が言わせたんだっ」と怒鳴り、また室内が爆笑に包まれる。

「さあ、龍門！　言っちまえ！」

「順番に言うってのはどうだ？　昨夜の体位と回数」

「なんだよひーちゃん、昨夜もお楽しみだったのか」

「いい加減にしなさい！」

三バカトリオとそれぞれのパートナー——高円寺は一人参加だったが——との飲み会は、深夜近くまで続いた。

「そろそろ帰ろう」

明日があるから、と冷静にお開きを決めたのは、いつもどおり中津だった。

「おい、高円寺、帰るぞ」

泥酔し、クッションを抱いて眠る高円寺の背を、中津が乱暴に蹴る。

「容赦ねえ……」

痛えなあ、とぶつぶつ言いながらも高円寺が立ち上がったのを、

「送りますよ」

龍門が、よろける彼の背を支えてやるという『弟分』ぶりを発揮した。

「後片付けもしないで悪いね」

散々食べ、飲み散らかした室内を見回し、中津が一人片付けを始めた神津に詫びる。

「どうかまたいらしてください」

気にしないでください、というように微笑《ほほえ》む神津に中津も「ありがとう」と笑みを返し、先にドアの外へと消えた高円寺と藤原のあとに続いた。

「それじゃ」

玄関先まで見送りに出た上条と神津に手を振り、中津もドアを出かけたのだが、ドアノブを持つ彼の手が止まった。

「そういえば、珍しい男に会った」

中津が上条を振り返る。

「珍しい男？」

「ああ。安西《あんざい》……覚えてるか？」

「ああ」

上条は即答したが、教えた中津も聞く上条も、なんともいえない表情をしていると思いながら、神津は二人のやりとりに耳を傾けていた。

「今日の葬式の、親族席にいたんだ」

「そういや俺も会ったぜ。三ヶ月くらい前、偶然新宿で」

「へえ」

上条が思い出したように言うのに、中津が相槌を打ったところで、二人の会話は途切れた。

「……それじゃ」

珍しくも歯切れの悪い二人の会話を打ち切ったのは、外から聞こえてきた藤原の車のエンジン音だった。

「おう、気をつけてな」

上条が笑顔で中津を見送る横で、神津も頭を下げたのだが、どうも上条の表情は晴れないように見える、と、中津が出ていったドアの鍵を閉めたあと、思わず神津はじっと上条の顔を見やった。

「どうした、まー」

上条が、おいで、というように両手を広げてみせる。

「……今の『安西さん』って……」

上条の胸へと身体を預けながら、神津はそう尋ねかけたのだが、頬《ほお》を寄せた上条の胸がびく、と震えたのに、やめておこう、と首を横に振った。

「ごめん、なんでもない」

「いや、別にかまわねえよ」

神津の遠慮を見抜いた上条が、ぽん、と彼の背を叩《たた》く。

「大学のゼミ仲間だ。なんか知らんが当時奴には目の敵にされててな。ま、実際何されたってわけじゃねえから、別に気にはしてねえんだが」

「そうなんだ」

気にしてないというようには見えなかったと思いつつ神津が相槌を打ったのがわかったのか、上条は彼の背をぽんと叩いて顔を上げさせると「寝るか」と室内へと誘った。

「まだ片付けが……」

「明日でいいよ」

キッチンへと向かおうとする神津の背を上条が強引に促し、寝室へと向かっていく。

「シャワーを」

「あとでいいって」

ベッドへと押し倒されそうになるのを神津が踏みとどまる。そんな彼を上条は強引に押し倒すと、勢いよく自身も倒れ込んできた。

「秀臣さん」

「……まー……」

非難の声を上げかけた神津も、上条の甘い囁《ささや》きを前に、やれやれ、と溜《た》め息《いき》をつく。

「……洗い物だけすませたいんだけど」

それでも神津が最後の抵抗を試みたのを「明日でいいって」と上条は退け、「でも」と抗議の声を上げようとする唇を唇で塞《ふさ》いだ。

「ん……」

微《かす》かに開いた唇の間から差し入れた舌で神津の舌を探《さぐ》り当て、痛いくらいの強さで吸い上げる。貪《むさぼ》るようなキスに喘《あえ》いだ神津の身体から、上条は服を次々と剝《は》ぎ取っていった。

「……灯《あか》りを……っ」

全裸にされた神津が、喘ぎながらも灯りを消してくれと上条に訴える。どれだけ身体を重ねようと羞恥《しゅうち》の念を忘れない彼は、明るい場所でのセックスには未だに抵抗をみせるのである。

「……まーの裸が見たいんだ……いいだろ？」

羞恥に頰を染める様がまたそそられるのだ、とばかりに上条が神津に囁く。

「……やだ……」

「イヤじゃない」

神津の抵抗を一刀両断斬《き》って捨てると、上条は手早く自身も服を脱ぎ捨て、神津に覆い被さっていった。

「いいじゃねえか。まーの裸、綺麗《きれい》だぜ？」

「綺麗なんかじゃないよ……」

己の魅力を自覚していない神津が、世辞《せじ》は言うなとばかりに上条を睨む。

「綺麗だよ」

こうした会話は彼らの閨《ねや》ではほぼ日常茶飯事なのだが、今夜は少しオプションがついた。

「……綺麗っていうのは、中津さんみたいな……」

「中津？」

突然出た悪友の名に、上条が戸惑った声を上げる。

「……なんでも……」

自分で名前を出しておきながら、神津がはっとした顔になり、首を横に振る。

「……なあ、まー」

俯《うつむ》いてしまった神津と目を合わせようと、上条が顔を覗き込む。

「……俺にはまーだけだ」

上条の囁きに神津はようやく伏せていた目を上げ、彼を真っ直ぐに見返してきた。

「秀臣さん……」

「わかってるとは思うけどな」

照れたように笑った上条の掌《てのひら》が、神津の胸の突起を擦《こす》り上げる。

「……あっ……」

「愛してるよ、まー」

言いながら上条が神津の首筋に顔を埋《うず》め、痛いほどに肌を吸い上げた。

「あっ……やっ……あっ……」

上条の唇が、指先が与える愛撫《あいぶ》に神津の息はあっという間に上がり、唇からは堪《こら》えきれない声が漏れ始める。胸を攻められるのは特に弱いという神津の乳首を吸い上げ、軽く歯を立てる
上条に、身を捩《よじ》り、下肢《かし》を擦《す》り寄せるようにして応える神津の雄は早くも形を成していた。了

解とばかりに上条が彼の雄を握り締め、先端を親指と人差し指の腹で擦り上げる。

「やだ……っ」

直接的な刺激に神津が一段と感じている素振りを見せ、甘えた声で喘ぐのに、

「いいねえ」

高円寺などがこの場に居合わせれば——そんなことは万に一つもあり得ないとはいうものの——『エロオヤジ』とからかわれかねない、やにさがった表情になった上条が、満足げに笑い身体を起こした。

「やっ……」

綺麗に筋肉のついた両脚を抱え上げ、恥部を露《あら》わにする。上条の突き上げを予測し、既にひくついているそこが、煌々《こうこう》と照らす灯りの下に晒《さら》されるのに、上条はごくりと生唾《なまつば》を飲み込むと、勃《た》ちきっていた自身の雄を押し当てた。

「あっ……」

ずぶりと先端をねじ込むと、神津は高く声を上げ、背を仰《の》け反《ぞ》らせて感じる快楽の大きさを上条に伝えてきた。

「……まー」

言葉で愛を伝え合うことにも勿論《もちろん》喜びはあるのだが、身体と身体が対話するセックスもまた、上条の求めるコミュニケーションの一つであった。

これでもかと求められるのは上条にとっては至上の喜びで、神津のそこが熱くわななき、自身を奥へと誘ってくるのに、えもいわれぬ悦《よろこ》びと快楽を感じる上条の動きが大胆になる。

神津の両脚を抱え直し一気に腰を進めたあとには、高く喘いだ神津に激しく腰を打ちつける。

「あっ……あぁっ……あっ……」

互いの下肢がぶつかり合うのに、パンパンと高い音が響くほどの力強い突き上げに、神津はあっという間に絶頂へと導かれたようで、上がる嬌声《きょうせい》は高く、シーツの上で身を捩る動きは激しくなっていった。

「もうっ……あっ……もうっ……」

ズンズンとリズミカルに律動を続ける上条の動きに、神津はいよいよ限界を迎えてきたのか、譫言《うわごと》のように掠《かす》れた声で「もう」という言葉を繰り返す。彼の雄がすっかり勃ちきりカウパーを自身の腹に滴らせている。いきたくてもいけないもどかしさに身を捩る神津を解放してやろうと、腰の律動はそのままに上条は彼の雄を握り、扱《しご》き上げてやった。

「あぁーっ」

獣のような——といっても随分《ずいぶん》と艶《つや》っぽくも可愛らしい『獣』ではあったが——咆哮《ほうこう》を上げ、神津が達する。射精を受け彼の後ろが激しく収縮し上条の雄を締め上げたのに彼も達し、白濁した液をこれでもかというほど神津の中に注ぎ込んだ。

「……まー……」

愛しげに名を呼び、はあはあと息を乱す神津に上条がゆっくりと覆い被さってゆく。

「……秀臣さん……」

神津もまた愛しそうに名を呼び返し、上条を迎え入れようと両手を広げた。

「ん……ん……」

乱れる神津の呼吸を妨げないよう、細かいキスを与える上条の背を神津が力一杯抱き締める。

「……なんかまた、催《もよお》してきちまったんだけど」

ようやく神津の息も整い、くちづけが深くなりかけてきたとき、上条が唇を離し、申し訳なさそうにぼそりと神津に囁いた。

「……わかってる」

神津が繋がっている互いの下肢を見下ろし、くすりと笑う。その『わかってる』という言葉は、未だに己の中に収まっていた上条の雄が硬さを増してきたことを認識しているというだけでなく、彼が次なる行為に誘おうとしていることへの了解でもあったようで「大丈夫か？」と彼の状態を案じ問いかけた上条の背を、神津は両手両脚でぐっと抱き寄せ、自ら腰を上げた。

「……まー」

「……明日はそんなに早くないし」

大丈夫、と微笑む可憐《かれん》な笑顔に、上条の理性の糸はぷつりと途切れ——常に切れているという噂《うわさ》もあるが——己の背を抱く神津の片脚を外させるとそれを抱え上げ、神津の身体を横向き

にした。

「あぁっ……」

松葉崩しという体位に持ち込み、更に奥へと己の雄を突き立てる。

「やっ……あぁっ……あっ」

再び神津の口から悩ましい声が漏れ、シーツの上で彼の身体が堪えきれない快感に激しく身《み》悶《もだ》え始めるのに、そう時間はかからなかった。

「あっ……あぁっ……あっあっあっ」

今夜もまた尽きることを知らない上条の欲情に翻弄《ほんろう》され、神津は彼の身体の下で、上で、横で喘ぎ続け、ついには意識を飛ばすほどの快感に身を任せることになった。


「大丈夫か、まー」

ぴしゃ、と頬を叩かれ目を覚ました神津の視界に、心配そうに顔を覗き込んでくる上条の端整な顔が飛び込んできた。

「……ごめん……」

また気を失ってしまったのか、と神津はゆっくりと身体を起こす。

「ああ、寝てろよ。水、飲めるか？」

「……ありがとう」

行為の最中、神津が意識を飛ばしてしまうことはよくあった。とはいえ、昔はもう少し体力があったはずなのだが、と思いながら上条の渡してくれたペットボトルからこくりと水を飲む。

「大丈夫か？」

「うん……年かな」

心配そうに問いかけてくる上条に神津が自嘲し、そう言うと、

「まーが年なら俺はどうなる」

上条は笑って神津の髪をかき上げ、首筋に顔を埋めてきた。

「秀臣さんは年じゃないよ。体力ありあまってるし」

くすぐったそうに身を捩り、上条の裸の背に腕を回して軽く叩いた神津に、

「さすがに衰えてきたさ」

上条はわざとおどけて笑い、もういいか？　と、神津の手からペットボトルを受け取ろうとした。

「秀臣さん？」

その表情がいつになく憂いを含んでいるような気がし、神津が問いかけたのに、

「ん？」

上条は、はっとしたような顔になったあと、何ごともなかったかのように微笑み返した。

「……何か気になることでも？」

愛する人の微かな表情の変化をも見逃さない神津が、おずおずと上条に問いかける。

「……いや」

上条はなんでもないと苦笑し、首を横に振ったが、続く神津の言葉に気持ちを改めた。

「話したくなければ無理には聞かないけど」

「別にたいしたことじゃないよ。中津が気にしてたな、と思い出しただけで」

「中津さん？」

首を傾《かし》げた神津に、「ほら、帰りがけにさ」と上条はなんでもないことを語るように明るく会話を続けた。

「中津が言ってたろう？　学生時代、やたらと俺を目の敵にしていた奴を葬式で見たって」

「……ああ、確か安西さんとかいう……」

二人の会話を思い出し相槌を打った神津に、

「よく覚えてるな」

上条は感心したように目を見開いたあと、こつん、と額を神津の額にぶつけて寄越した。

「俺は当時もそんなに気にしてなかったんだが、中津があぁ見えて結構気にしぃでな。まあ、そういい記憶はねえが、昔のことだ。別に俺はどうとも思っちゃねえ」

おそらく、学生時代には『目の敵にされていた』その男に、嫌がらせのようなことをされていた、それを上条本人は気にせず、親友の中津が気にしていたという話なのだろうと神津は察したが、いつにない上条の歯切れの悪さには違和感を覚えていた。

「なんにせよ、昔の話だよ。三ヶ月前偶然会ったときは、向こうから声をかけてきたくらいだし」

気にすることはない、と上条は笑ったのだが、彼自身が何か『気にしている』ことがあるのは明白だった。

「……そうなんだ」

だがその話を聞かせようという気にはなっていないことは、彼の顔を見ればわかる、と神津は敢《あ》えて気づかぬふりを決め込み、こつん、と上条の額に己の額をぶつけ返した。

「誰のお葬式だったんだろう。近しいお身内じゃないといいね」

自ら話を切り上げようと、神津はそう笑いかけたのだが、

「……そうだな」

相槌を打つ上条はやはり、どこか暗い顔をしていた。

何かある——だがその『何か』を上条は自分に話す気がないのだという事実は、神津をそれなりに落ち込ませてはいたものの、もとより奥ゆかしい彼ゆえ、話したくないものを無理に聞き出すことはできなかった。

「寝ようか」

問いかけ、顔を見上げた神津に、上条が「そうだな」と微笑み、彼の手からペットボトルを取り上げる。

「辛くないか？」

「全然」

二人してベッドに横たわり、上条に導かれるままに彼の肩に頭を乗せ、胸に顔を埋める。逞《たくま》しい胸板に掌をあてながら神津は、込み上げてくる溜め息を漏らすまいと唇を噛《か》んだ。

時折神津の胸に、今夜のようなもどかしさが生まれることがある。上条とは三十年来の付き合いだという『三バカトリオ』との飲み会のあとに襲われるこの気持ちは、ある種の嫉妬《しっと》だろうと、神津は自覚もしていた。

上条はおそらく、三十年来の付き合いのあの二人には、あけすけに胸の内を語るのだろう。ふざけ合い、笑い合っている場面に居合わせることが多いが、根底のところで信頼し合い、繋がり合っている太い絆を神津は三人それぞれに見出していた。それを羨ましいと思っても仕方がないということもわかりきってはいるし、彼らが自分に疎外感を与えたことはただの一度もないのだが、それでもどこか寂しく思ってしまう自分の心を神津は抑えることができないでいた。

安西という男のことを上条と中津が目で語り合っていたときの様子を思い出す神津の胸が、

ちくちくと小さな痛みで疼《うず》く。

気にするな、気にしちゃいけない、と思えば思うほど胸の痛みは増していく。とはいえ性格的にそれを口にすることはどうしてもできず、上条の体温を感じるほど傍にいるにもかかわらず、その夜神津は一抹の寂しさを胸に眠りについたのだった。

2

「高円寺さん、遅いじゃないですか！」

前夜の暴飲暴食を引き摺り、大あくびをしながら現場に駆けつけた高円寺を叱《しか》り飛ばしたのは、彼の上司にして恋人でもある遠宮太郎《とおみやたろう》、二十六歳の若さで新宿西署の刑事課長に就任したキャリアである。

「まだ連絡貰《もら》ってから十五分しか経《た》ってねえじゃねえか」

高円寺の携帯に事件発生の連絡が入ったのは、その日の朝七時だった。新大久保《しんおおくぼ》のアパートで男性の変死体が発見されたというのだが、高円寺が駆けつけたときにはまだ本庁の刑事も監察医も到着しておらず、鑑識の人間が指紋やら靴跡やらを採取していた。

事件の概要を聞ける相手は、自分を叱りつけた遠宮しかいないと、高円寺はまたも大あくびをしながら彼に問いかけた。

「被害者は？」

「近石光成《ちかいしみつなり》、二十二歳。R大学の理学部四年だ」

「R大学？」

高円寺が思わず問い返したのに、遠宮がじろりと彼を睨む。

「なんだ」

「いや、まさとっさんの勤め先だと思って」

高円寺の言葉を、遠宮はふん、と鼻を鳴らしただけで流し、状況説明を再開した。

「死因は絞殺《こうさつ》。凶器はガイシャの首に巻き付いていた彼のネクタイだ。第一発見者は隣の部屋の住人で、今朝泥酔して帰宅した際、間違えてガイシャの部屋のドアを開いて死体を発見した」

「酔いも一気に醒《さ》めただろう」

がはは、と笑った高円寺を、

「不謹慎だぞ」

遠宮が睨みつけたとき、がやがやと大勢の人間が近づいてくる音がし、二人の注意はそちらへと逸《そ》れた。

「お待たせ」

「よお、アキ先生」

まず監察医の栖原秋彦《すはらあきひこ》が到着し、顔馴染みの高円寺と挨拶《あいさつ》を交わす。続いて本庁の刑事たちも次々と到着し、遠宮に挨拶をし始めたのに、高円寺は彼の傍を離れ、死体検分をしている栖原へと近づいていった。

「アキ先生、死亡推定時刻は？」

「気が早いねえ」

死体の眼孔に光を当てていた栖原が苦笑し、高円寺を振り返る。

「アキ先生の千里眼を信用してんだよ」

「歯の浮くような世辞はいらないよ。高円寺さん、そういや最近私生活が非常に充実してるって噂だけど？」

「死亡推定時刻聞いてんのに、なんだって俺の性生活の話になんだよ」

「性生活じゃない、私生活だよ。まあ、高円寺さんにとっては同義ってことなんだろうけど」

あはは、と笑う栖原に、「あたぼうよ」と高円寺も笑い返したが、背後で響いた咳《せき》払いに首を竦めた。

「神聖な現場で馬鹿話をする神経を疑う」

「これは遠宮課長、相変わらずお綺麗で」

こそこそとその場を去ろうとする高円寺を横目に、長身にして長髪、とても三十代後半には見えない若々しい美貌《びぼう》の持ち主である栖原医師が、声をかけてきた遠宮に、にっこりと笑顔を向けた。

「死亡推定時刻はいつです？」

遠宮はじろりと栖原を睨んだものの、部下ではない彼を怒鳴りつけることはできないようで、

不機嫌な顔のまま問いかけたのに、

「深夜三時から五時ってところかなあ。そう時間は経ってないようです」

栖原もまた監察医の顔になり、真面目《まじめ》にそう答えた。

「死因は絞殺。随分抵抗したあとがあるから、犯人は男じゃないかな」

断定はできないけれどね、と言い再び死体に屈《かが》み込んだ栖原に、「ありがとうございます」と遠宮は冷たく礼を言い、傍で様子を窺《うかが》っていた高円寺へと視線を向けた。

「まずは現場周辺の聞き込み。深夜三時から五時にこの辺りで不審な人物を見なかったか。第一発見者の隣室の住人はともかく、逆隣や上下の部屋で不審な物音を聞かなかったか、すぐに聞き込んでくれ」

「了解」

職場で遠宮は、私生活の——高円寺の場合ニアリーイコール性生活らしいが——雰囲気を持ち込むことはまるでない。常に厳しい上司の顔を保っている遠宮に、一抹の寂しさは覚えるものの、彼のキャリアという立場を思うとわからない話ではないと高円寺は納得しているため、言葉少なく頷《うなず》くとちょうど現場へと足を踏み入れた後輩の納《おさめ》を誘い、聞き込みに向かおうとした。

「サメちゃん、聞き込みだ」

「え？」

新宿西署の納刑事——人気小説の主人公をもじって『新宿サメ』と呼ばれる彼は、鮫《さめ》というよりは熊のような愛嬌のある顔をしているのだが、高円寺にはよくなついており、彼の命令を無碍《むげ》にすることはない。

「わかりました」

事情も何もわからぬまま、高円寺とともに納が聞き込みに向かおうとしたそのとき、

「課長、これは……」

戸惑った同僚の声が響いたのに、高円寺の足が止まった。

「なんだ」

遠宮が声の主へと近づいてゆく。高円寺と納もまた、被害者のベッドの傍《かたわ》らで、マットレスをひっくり返していた刑事へと歩み寄った。

「写真と、あとこれはなんでしょうね。レポートかな。まるでストーカーのようなんですよ」

物凄《ものすご》いものを見つけたとばかりに、勢い込んで遠宮にマットレスの下から出てきた写真とA4のコピー用紙を差し出してみせたのは、今年配属になったばかりの新人、山下《やました》だった。高円寺は何気なく横からそれらを見やったのだが、映っていた人物に驚き、思わず遠宮を押しのけ写真を摑《つか》んでいた。

「おい」

何ごとだ、と声を荒立てた遠宮に謝るでもなく、食い入るように写真を見つめる高円寺の横

から、彼の手の中にあるそれを覗き込んだ納も驚きの声を上げる。

「高円寺さん、これって……」

「まさとっさんじゃないか」

隠し撮りされたとしか思えない数枚の写真に写っていたのはなんと、前日高円寺を手料理でもてなしてくれた神津雅俊、その人だった。

「神津？」

遠宮も知らない名ではなかったため、驚いたように高円寺の手の中の写真を覗き込む。

「なんのレポートだって？」

遠宮に写真を渡し、高円寺は山下に、マットレスの下から出てきたというA４用紙を渡せと手を伸ばした。

「時間刻みで行動を追っています。ストーカーだったんでしょうか」

何が起こっているのか、わからない様子の山下が高円寺に紙片を渡す。高円寺は中身をチェックし始めたのだが、彼の眉間《みけん》にはこれでもかというほど深い縦皺《じわ》が刻まれていった。

「ストーカーか……」

実際、高円寺の手の中にあるレポートは、ストーキング行為の結果としか思えないものだった。神津が朝、家を出てから夜帰宅するまで、一時間刻みに行動を記録している。

厳しい顔で書類をチェックしていた高円寺の耳に、この上なく落ち着いた遠宮の声が響いた。

「署に呼んで事情を聞いたほうがよさそうですね」

遠宮は主語を言わなかったが、それが神津のことを指しているのは明白だった。

「それなら俺が行くわ」

それじゃ、と写真と書類を山下に手渡し、高円寺が部屋を飛び出そうとする、その背に遠宮の怒声が飛んだ。

「あなたはこのアパート近隣の聞き込みでしょう」

「それはそいつに振ってくれ。行くぜ、サメちゃん」

遠宮を振り返りもせず部屋を駆け出していく高円寺に、

「行ってきます」

彼ほど上司に対し傍若無人《ぼうじゃくぶじん》になれない納が、鬼のような顔になっていた遠宮にびくびくしながら頭を下げ、続いて部屋を飛び出していく。

「高円寺！」

遠宮は怒声を張り上げ、二人のあとを追おうとしたが、鑑識や本庁の刑事たちの注目を集めていることに気づいて足を止めた。

「山下、何をしている。近隣の聞き込みに向かえ！」

これ以上内輪もめの醜態《しゅうたい》を晒すものかとばかりに、遠宮が新人刑事を怒鳴りつける。

「わ、わかりました」

とばっちりをうけた山下は遠宮の剣幕《けんまく》に飛び上がると、先輩刑事とともに脱兎のごとくドアを駆け出していった。

「そんなに怒ると血圧上がるよ」

一連のできごとを見ていた栖原が、よせばいいのに遠宮を揶揄《やゆ》する。

「無駄口を叩くということは既に、検死が終わられたということですか、先生」

遠宮が栖原に口調も目つきも厳しいものを向けたのに、栖原は「怖い怖い」と尚もふざけてみせ、遠宮の機嫌を更に悪化させた。

「ほんと、高円寺さん、大胆すぎますよ」

その頃、R大学へと向かう覆面《ふくめん》パトカーの中では、ハンドルを握っていた納がやれやれ、と助手席の高円寺に向かい、溜め息をついてみせていた。

「そう言いながらもついてきてくれるサメちゃんはほんと、いい男だぜ」

「おだてても何も出ませんが、しかし、驚きましたねえ」

納も神津とは面識があるゆえ、心配そうに眉を顰めている。

「おうよ」

高円寺もまた難しい顔をして頷くと、常にやかましい彼にしては珍しく口を閉ざし車窓の風景を見やった。

「神津さん、被害者と面識ありますかね」

「同じ大学だからな。あっても不思議はねえと思うが……」

納の問いに高円寺は答えながら、内ポケットに手をやり携帯を取り出す。

「…………」

番号を呼び出したものの、高円寺はぱたりと携帯を閉じ、再びポケットにしまった。

「上条さんですか？」

「……ああ、でもまず、まさとっさんに話を聞いてからにするわ」

豪傑《ごうけつ》そのものの外観、そのものの態度の高円寺であるのだが、実のところ彼の人への気遣いの細やかさは常人の比ではないことを、納はよく知っていた。

今回、彼が神津の恋人である上条に即連絡を入れなかったのは、ストーカー行為を受けていたことを神津が上条に知られるのを嫌がるのではないかという気遣いだろうと、納は察し、さすがだ、と内心舌を巻いていたのであるが、それに気づく納もまた、気働きのできる男であった。

車は間もなくR大学に到着し、守衛室で手帳を見せて神津の研究室の場所を聞き向かったのだが、既に守衛から連絡がいっていたようで、前方から研究室を飛び出してきたらしい神津が駆けてきた。

「高円寺さん、何かあったんですか？」

青ざめた顔で問いかけてくる神津の様子に、変わったところは見られない。

「いやあ、まさとっさん、驚かせて悪かったな」

昨日はどうも、と高円寺がいつもの口調で礼を言ったのに、

「いえ……」

神津は少しほっとした顔になり、「こちらこそ」と頭を下げた。

「……で、何か……」

おずおずと問いかけてくる神津に、高円寺は「実はな」と声を潜め、顔を近づける。

「そのうちにマスコミも来て大騒ぎになると思うんだが、今朝、この大学の学生が殺されたんだ」

「え？」

高円寺の言葉に神津はぎょっとしたように目を見開いた。

「ここの学生が？」

「ああ、近石光成。理学部の四年だそうなんだが」

高円寺は捜査中、滅多《めった》にメモを取らない。それは記憶力が人並み外れていいためで、納が慌てて手帳を捲《めく》っている間に被害者の名を告げたのだが、

「近石君が？」

神津がますます驚いてみせたのに、彼の顔に緊張が走った。

「まさとっさん、知ってる学生か？」

「はい、瀬戸《せと》先生の……僕がお世話になっている教授のゼミの学生です……でもどうして？」

何があったのだ、と問いたげな神津に、高円寺は笑顔を浮かべつつ問いを重ねた。

「どんな学生だった？」

「……真面目な……ごく普通の学生でした」

「あんまし親しくは付き合ってなかった？」

神津の口調からそう判断し、問いかけた高円寺に、神津は「ええ」とごく自然に頷いた。

「学生たちとはあまり交流がないので……」

院生のことなら、まだ少しはわかるのですが、と言う神津の様子からすると、ストーカー行為をされていた自覚はないようだと高円寺は判断し、ちらと納を見やった。

「…………」

納もまた同意見のようで、小さく頷いてみせる。

「……あの、何か……？」

「都合がいいときでかまわねんだが、ちょっとまさとっさんの時間を貰いてぇんだ。ガイシャの……近石君のことで聞きたいことがあってよ」

遠宮の命令は『任意同行』であったが、高円寺はそうは伝えず、あくまでも事情聴取という形をとった。

『協力してくれたらありがたい』という雰囲気を前面に押し出したのは、かつて神津が贈賄《ぞうわい》事件の関与への疑いを抱かれたことや、上条との関係をリークされ、週刊誌の記者に追いかけられた過去があったためである。繊細な神津はそのたびに酷《ひど》く落ち込み、傍目《はため》にもわかるほどに憔悴《しょうすい》しきってしまったため、高円寺は遣えるだけの気を遣った対応を心がけたのだった。

「……わかりました……」

神津がこくりとまた頷き、高円寺を見上げる。

「すぐ……のほうがいいんですよね」

神津もまた気を遣うことにかけては常人の比ではなく、高円寺の配慮を見抜いた上でそう問い返してきた。

「大丈夫か？」

「はい。今日は教授も休みなので自由が利くんです。今、支度をしてきますので」

青ざめた顔のままそう微笑み、踵《きびす》を返した神津を見送りながら、高円寺はやれやれ、と深く溜め息をついた。

間もなく戻ってきた神津を伴い、高円寺は新宿西署へと戻ると、会議室に彼を通し、遠宮に声をかけた。

「私がやります」

取り調べや事情聴取など滅多に立ち会わないというのに、なぜか遠宮は今回に限ってはそう言い、高円寺を憮然《ぶぜん》とさせた。

「なんだよ、任せてくれりゃあいいだろう」

「友人知人の取り調べは禁止されています」

つんとすました遠宮が、証拠品として押収《おうしゅう》した写真とレポートを手に会議室へと向かおうとする。

「ちょっと待て。これは取り調べじゃねえだろう？　事情聴取のはずだ。俺も同席するぜ」

遠宮を追いかけ追い越し、高円寺が前に回って彼を睨みつけたのに、

「どちらにせよ好ましいことではありません」

とても恋人同士とは思えぬ冷たい口調で遠宮は言い捨て、高円寺の身体を押しのけようとした。

「いや、同席させてもらう。まさとっさんは繊細だからな。不用意なひとことで傷つけられちゃあ気の毒だ」

普段、高円寺はこうも嫌味な物言いをしないのだが、遠宮の態度が必要以上に高飛車《たかびしゃ》なのに腹立ちを覚えたのだった。

「…………」

遠宮をむかつかせようとして発した言葉だったが、狙い以上に彼はむっとしたようで、キッと凶悪な目で高円寺を睨むと、あとは無言で靴音を響かせ神津の待つ会議室へと向かっていった。

「…………」

高円寺もまた無言で彼のあとを追い、二人先を争うために物凄いスピードで廊下《ろうか》を進み、会議室へと到着する。

「失礼します」

中へと声をかけドアを開く遠宮に続いて、高円寺も強引に部屋へと入った。遠宮は肩越しに彼を振り返りじろりと睨みつけはしたが、高円寺の熱意としつこさに負けたのか、退出を命じることはなかった。

「お忙しいところすみません。新宿西署刑事課長の遠宮です」

「……こんにちは」

互いにそれぞれのパートナーから、詳しい人となりを聞いてはいたものの、実際これが初対面となる遠宮と神津は、人となりを知っているだけにぎこちなく挨拶を交わした。

「ところで、高円寺から事件のことはお聞きになりましたか」

神津が緊張している様子であるにもかかわらず、遠宮はいきなり用件を切り出し高円寺の眉を顰めさせた。

「まだ詳細は話してない。近石君が殺されたという程度だよ」

「…………」

横から口を出した高円寺を遠宮はまたもじろりと睨むと、何も言わずにふいと視線を再び逸らせ、神津を真っ直ぐに見やった。

「近石光成という学生と面識はありますか？」

「……はい、僕の……私の勤め先である研究室の、教授のゼミの生徒ですから、顔くらいは……」

遠宮の問いに、神津がおずおずと答える。高円寺は自分で事情を聞こうと思っていたので、車中でも詳細を一切説明していなかった。神津にしてみたら、どうして自分が呼び出されたかまったくわからない状態なわけで、しまったな、と高円寺は密かに心の中で肩を竦め、口を開いた。

「悪《わり》ぃ。まさとっさん、先に説明すりゃよかったんだが、実はその近石君の部屋からまさとっさんの写真が出てきたんだよ」

「え？」

高円寺の言葉に神津が上げた驚きの声と遠宮の怒声が重なった。

「余計なことは言わなくていい！」

「余計なことじゃねえだろ。わざわざこんなところまでご足労願ってるんだ。理由を説明するのは筋じゃねえか」

「あなたから物事の筋道を教授されるとは思いませんでした」

嫌味たっぷりな遠宮の言葉に、

「タローちゃん」

高円寺が二人のときの呼び名を口にする。と、それまでも決して穏やかとはいえなかった遠宮の表情が更に厳しいものになった。

「ここをどこだと思っている！　出ていけ！」

柳眉《りゅうび》を逆立てて怒る遠宮の怒声は顔立ちが整っている分迫力があり、神津などはびくっと身体を震わせ恐ろしげに彼を見やっていたが、高円寺は相当神経が太いためと、この程度の『激怒』には慣れていたため、「悪ぃ悪ぃ」とまったく反省していない様子で頭をかいてみせただけだった。

「まさとっさんは身内みたいなモンだからよ。緊張感が失せちまってた」

「もともとあなたには同席を許さなかったはずです。即刻出ていきなさい！」

あくまでもフレンドリーに話しかける高円寺に、遠宮は『公私』の別をしっかりつけようと、他人行儀なほどの丁寧語で命令を下す。

「わかったって。それより早くまさとっさんに事情を聞こうじゃねえか」

剣幕に押されることなく高円寺が遠宮の手からビニール袋に入った写真と書類をぱっと引き

抜いたのに、遠宮は素で怒りの声を上げた。

「おいっ!!」

「まさとっさん、これなんだが、心当たりはあるかな?」

高円寺がここまで強引なのは、遠宮の怒りぶりからするといつ部屋を追い出されるかわからないと読んだためだった。神津が実際ストーカーの被害に遭《あ》っていたのかは高円寺も気になるところで、一刻も早く話を聞きたいと先を急いだのだが、事情を早く聞きたいのは遠宮も同じらしく、鬼のような顔で高円寺を睨みつけたものの彼の言葉を制することはなかった。

二人の険悪なやりとりに唖然《あぜん》としていた神津だが、高円寺に示された写真を見た瞬間それどころではなくなったようだ。

「これは?」

まったく見覚えがないという様子の彼に、今度は遠宮が一時間ごとの行動を書いたレポートを示した。

「これらからすると、近石さんはあなたを常に見張っていた……というか、チェックを入れていたと見受けられますが、お心当たりはありますか?」

「…………」

神津は呆然と写真とレポートを見ており、遠宮の問いは耳に入っていない様子であった。

「まさとっさん?」

紙のように白い顔でじっと写真を眺めている神津に、高円寺が声をかける。

「……あ……」

ようやく神津は我に返ったのか、小さく声を上げ写真から目を上げたのだが、その顔を見たとき高円寺の胸中に一抹の違和感が走った。

「まさとっさん、大丈夫か？」

あまりの顔色の悪さに、高円寺は彼へと歩み寄り、肩に手を置き顔を覗き込む。

「水でも持ってくるか。ああ、茶でもコーヒーでもコーラでも用意できるが」

わざとおちゃらけたことを言う高円寺に、神津は「大丈夫です」と微笑んでみせたが、彼の頬はぴくぴくと痙攣《けいれん》し、声も随分震えていた。

「ショックだよなあ」

高円寺が心底気の毒がってみせるのに反し、遠宮はどこまでも冷静だった。

「いかがですか、神津さん。お心当たりはありますか？」

「…………」

淡々とした遠宮の口調に、もう少し言いようというものがあるだろうと高円寺が彼を睨む。

「なんです」

視線に気づいた遠宮が逆に彼を睨み返し問いかけたそのとき、神津の震える声が響いた。

「……心当たりはありません……と申しますか、まるで信じられません」

「だよなあ」

高円寺が心の底から同情してみせるのをちらと一瞥《いちべつ》したあと、遠宮は相変わらず淡々とした口調で問いを重ねていった。

「被害者の近石光成の、顔くらいは知っているとのことでしたが、言葉を交わしたことはありますか？」

「……挨拶くらいなら……」

俯き答える神津の声は震え、顔色はますます悪くなる。

「最後に彼に会ったのはいつですか？　そのとき何か話しました？」

「……覚えていません……一昨日かその前の日に、大学内で会ったかどうか……」

「いつもじっと見られていたなどの自覚はありましたか？」

「いえ、別に……」

たたみかけるような遠宮の問いに、次第に神津の声が小さくなってゆく。

「彼ということでなくとも、誰かにじっと見られているとか、あとをつけられている気がするなどの体感はありましたか？　具体的に何かコンタクトを求められたようなことは？」

ただただ俯き、細い声で答えていた神津だが、遠宮のこの問いには、びく、と肩を震わせ一瞬返事に詰まった。

微かな反応ではあったが、高円寺が気づいたのと同様、遠宮も見逃さなかったようだ。

「何かそういった兆候があったのですね」

問いかける語調が厳しくなったのに、神津はまたもびくっと身体を震わせた。

「どうなんです？　神津さん」

「おい、そんな尋問するような聞き方はないんじゃねえの？」

すっかり畏縮《いしゅく》してしまっている様子の神津を見るに見かねて、高円寺が口を挟んだ。

「あなたは黙っていてください」

邪魔をするなと言いたげに遠宮が言い捨てた、その口調が気に入らなかったのと、怯《おび》えている様子の神津が気の毒になったせいもあり、高円寺は遠宮に向かい身を乗り出すと、いつもの彼の口調でがなりたて始めた。

「黙ってられるかよ。時間の無駄だよ、無駄。まさとっさんはストーカー学生につけ狙われた、被害者じゃねえか」

「時間の無駄か否かは私が聞いて判断します」

遠宮もまた高円寺の剣幕に対抗したのか、いつになく厳しい声を上げ、ますます柳眉を逆立てる。これ以上ない険悪な雰囲気が室内に満ち満ちていった。

「無駄だ。まさとっさんの人柄は俺が保証する」

高円寺がきっぱりと言い切り、遠宮を睨む。

「あなたの保証がどれだけ有効だと思ってるんです」

心の底から馬鹿にしたように言い放つ遠宮に、高円寺も意地になった。

「人を見る目にかけては誰にも負けねえぜ」

「根拠のない自信です。だいたいあなたがたはどれだけ親しいというのです？」

遠宮もまた珍しく、神津という人目があるのに熱く反論する。

「知人程度のお付き合いだという認識でしたが、それほど親しいのなら即刻部屋を出てもらいます」

「だからこれは『取り調べ』じゃねえだろ？　状況を聞くのに親しい人間が傍にいるのはかまわねえじゃねえか」

「やっぱり親しいんですね」

「おうよ！　心と心がばっちり通じ合った仲だぜ！」

売り言葉に買い言葉としかいいようのない言い合いを、それまで項垂《うなだ》れていた神津もぽかんと口を開けて見やっていたのだが、

「本当ですか！」

突然遠宮に問いを振られ、驚いたように目を見開いた。

「はい？」

「あなたがたは本当に心と心が通じ合った仲なんですか」

「えっ」

遠宮に厳しく詰め寄られ、神津が思わず絶句する。

「あ、あの……」

『心と心の交流がばっちり』というほどの付き合いをしていると断言するのはさすがに躊躇《ためら》われた神津の様子に、高円寺も言いすぎたかと思い、言葉を足した。

「交流はともかく、神津さんがストーカー男につけ狙われるほどに美人で気立てがいいってことは俺が保証するぜ」

「……あの、それは……」

神津が慎み深く自分への賛辞を否定するのに、

「だからあなたの保証など、なんの価値もないと言ってるでしょう」

遠宮もまた怒声を張り上げ、二人凶悪な視線を交わし合った。

「あ、あの…………」

神津がいたたまれなさから、二人に声をかける。

「おう、悪ぃな。まさとっさん。事情はわかったからよ、家まで送るよ」

先手必勝とばかりに高円寺は遠宮を無視し、神津に笑いかけた。

「…………」

遠宮は一瞬何かを言いかけたが、きゅっと唇を引き結び高円寺を睨んだあと神津に対し軽く頭を下げて寄越した。

「ご足労ありがとうございました。またご事情を伺うことがあるかもしれませんが、今日のところはお帰りになって結構です」

「……はい」

遠宮の口調は穏やかだったが、声音はこれでもかというほど冷たかった。頷く神津の肩がまたびくっと震える。

人並み以上に敏感なところのある神津は、遠宮が自分に対していい感情を抱いていないと感じたようで、「失礼します」と立ち上がったときにも目を上げ遠宮を見返そうとしなかった。

「…………」

高円寺はじろ、と遠宮を睨んだあと、痛ましそうに神津を見やり「行こうか」と声をかけた。

「家？　大学？　どっちに送りゃいいかな」

「誰が許可すると言いました？」

神津に笑顔を向け明るく問いかけた高円寺の声に、苛立《いらだ》ちを抑えきれない遠宮の声が重なる。

「大丈夫です。一人で帰れます」

またもびくっと身体を震わせた神津が、気を遣い高円寺の申し出を固辞するのを、

「かまわねえよ」

高円寺はがははと豪快に笑い飛ばすと、遠宮に向き直りわざとらしく敬礼をしてみせた。

「事情聴取にご協力くださった善良な市民をお送りして参ります」

「…………」

ふざけているとしか思えない高円寺の振る舞いに、遠宮の頰がみるみる紅潮してくる。

「許可は得たから。さ、行こうぜ」

怒りのあまり言葉が出ない遠宮をさくっと無視し、高円寺が再び神津に声をかける。

「で、でも……」

「いいから」

大丈夫なのかと、おろおろ心配する神津の背を高円寺が強引に促し部屋を出てゆく。二人を見送る遠宮はまさに、怒り心頭という凶悪な顔になっていた。


「大丈夫なんですか」

半ば強引に覆面パトカーの助手席に乗せられたあと、神津は心配そうに高円寺に問いかけてきた。

「大丈夫って、何が?」

高円寺は素でわからぬようで、きょとんとした顔を神津に向けてきたが、

「遠宮さん、怒ってらっしゃったんじゃないかと……」

神津のこの言葉に、ああ、と顔を顰《しか》めた。

「まさとっさんには嫌な思いさせちまって悪かったな」

「いえ、僕はいいんですが……」

心配しているのは自分のほうなのに、逆に心配を返されたことに神津が恐縮する。

「まさとっさんはストーカーの被害者だっていうのに、本当に申し訳なかったと思ってるよ」

「どうか気にしないでください」

真摯《しんし》に詫びる高円寺に、神津はますます恐縮し頭を下げたのだったが、続く高円寺の問いに、彼の顔がぴくく、と引き攣《つ》った。

「何か被害はなかったのか？」

「ええ。まあ……」

頷きはしたが、歯切れが悪い。実は高円寺の問いは事情聴取の最中に神津が動揺していたのを気にしたためのものだったのだが、神津もまたそれがわかったのか、暫《しばら》くしてから「実は……」と口を開き高円寺をちらと見やった。

「最近嫌がらせのメールは来ていました……まあ、実害はないので来てもすぐ削除してしまっていたのですが……」

「嫌がらせ？　一体どんな？」

ハンドルを握っていることを忘れたかのように高円寺が神津に身を乗り出し問いかけるのに、

「……よくある、性的な嫌がらせで」

言いにくそうにぼそぼそと神津はそう言い、「まあ、無関係かもしれませんが」と言葉を添えた。

「何通も来たのか？　そのメールはどうした」

「十通は来ていなかったと思います。二、三日おきにぽつぽつとだったので……。最初がその手の文面でしたので、あとはもう来ると即削除していました」

「……そうか」

高円寺としてはもう少し詳細を突っ込みたかったのだが、神津があきらかに言いたくなさそうな様子であることに遠慮を覚え、それ以上の問いかけを控えた。

「なんかあったら、なんでも声かけてくれよな。俺ら警察官は、まさとっさんみたいな善良な市民のためにいるんだからよ」

わざと明るくそう言い、がははと笑いながらも高円寺は、隣で神津がほっとしたように息をついたのを見逃さなかった。

間もなく車は神津の家に——上条の官舎に到着した。

「どうもありがとうございました」

神津は丁寧に高円寺に頭を下げ車を降りようとしたのだが、ふとドアを開ける手が止まった。

「？」

どうした、と高円寺が気配に気づいたと同時に「あの」と神津が振り返る。

「なに？」

酷く思い詰めた顔をしている神津を前に、高円寺は一体彼が何を言おうとしているのかと身構えた。

「あの……」

口を開いたものの、言おうかどうしようか迷うように神津は一瞬唇を噛んだが、やがて目線を高円寺に向けると、おずおずとこう切り出してきた。

「……申し訳ないんですが、このことは秀臣さ……上条さんには内緒にしておいてもらえないでしょうか」

「ヒデに？」

意外なようで実は少しも意外ではなかった神津の申し出に、高円寺は驚きの声を上げたもののすぐ納得し頷いた。

「わかった……でもよ、俺は言うべきだと思うがな」

上条に言うなと頼んできた彼の胸の内には、ストーカー被害に遭っていたことを知られたくないという思いがあるのだろうと、高円寺は見ていた。

高円寺にしてみたら、神津はストーカーの被害者であり、彼側にはなんの落ち度もないと思うのだが、神津は自分に隙《すき》があったからではないか、などという、いらぬ反省をしているのかもしれない。

それは思い切り否定することはできるものの、自分が他の男にストーキングされていたことを恋人に知られたくないという神津の気持ちもわからないでもなかった。だが、そんな危険な目に遭っていることをなぜに知らせてくれなかったと思うであろう『恋人』の気持ちもわかる。

それゆえ高円寺は神津の申し出を了承しつつ、自分の意見を述べたのだが、

「……はい」

と神津は頷いたものの、これは上条には言わないな、と高円寺は心の中で肩を竦めた。

「それじゃ。本当にお疲れ」

「ありがとうございました」

気遣いの神津らしく、車が角を曲がるまで、じっとその場に佇《たたず》み見送っている。その姿をバックミラー越しに眺めながら、とんだとばっちりを受けたものだ、と高円寺は神津の不運さに同情を寄せていたのだが、神津の身にこれ以上の『不運』が降りかかってくることまでは、動物的勘に優れているといわれる彼をもってしても予測することはできなかった。

3

高円寺の車の尾灯が見えなくなるまで見送ったあと、神津は溜め息をつき、玄関の鍵を開けた。

当然のことながら昼間のこの時間に上条は帰宅していない。がらんとした部屋を見回した神津の身体にぞくりと悪寒が走ったのは、自分の顔見知りの学生が殺されたという事実と、その学生が自分に対しストーカー行為を働いていたことを今更思い出したためだった。

まずは落ち着こうと、湯を沸かし、好きな紅茶をポットで淹《い》れる。茶葉を蒸らしている間に少しずつ気持ちが落ち着いてきた神津は、殺された近石という学生の顔を思い浮かべようと目を閉じた。

高円寺や遠宮に言った言葉に、嘘《うそ》は一つもなかった。近石という学生の名前は知っていたし、学内で会ったときには挨拶も交わしたが、親しく口を利いたことは一度もなかったと思う、と神津はざっと過去を振り返り、一人小さく頷いた。

そろそろいいかと紅茶をカップに注ぎ、一口飲んでまた考えてみたが、やはり近石という学生と会話を交わした記憶は蘇《よみがえ》ってこない。

学生や院生の中には、神津に対し積極的に交流を持とうとする者が数名いたが、近石はそれらの学生ともそう交流はなさそうだった。

見せられた写真は隠し撮りされたもののようだったが、心当たりはまるでない。大学での様子を一時間おきに書き記したあのレポートも、近石が書いていたとはとても信じられなかった。

もともと、あらゆることに鈍感な自覚はあるが、ここまで気づかないなどあり得るのだろうか、と神津は溜め息をつき、冷めかけた紅茶を一口啜《すす》った。

苦みを覚え顔を顰めた神津の頭に、このところ彼を悩ませ続けていた悪戯《いたずら》メールの文面が浮かぶ。

あのメールの送り主も近石だったのだろうか。明日以降、届かなくなればおそらくそういうことだと思うのだが、とまたカップに口をつけ紅茶を啜った神津が考えていたそのメールの内容は、彼が高円寺に告げた『よくある性的な嫌がらせ』というには少し問題があった。

神津のもとに『その』メールが最初に届いたのは、今から十日ほど前のことだった。朝、いつものように研究室で自分のパソコンを立ち上げ、メールチェックをした神津の目に、見覚えのないメールアドレスより『重要　神津雅俊様』というメールが届いていたのである。

添付ファイルつきだったが、件名に自分のフルネームが書かれていたことが気になり、神津はメールを開けてみた。

『大学を辞めろ』

メールにはたった一行、その言葉だけが書かれていた。研究室に勤め始めてから、こうも剝《む》き出しの悪意に触れたことがなかった神津はぎょっとし、画面を前に固まってしまったのだが、やがて我に返ると、一体誰がこんな悪意に満ちたメールを送ってきたのかと眉を顰め画面を眺め始めた。

添付ファイルがなんらかのヒントになるかと思ったが、質《たち》の悪いウィルスだった場合は面倒なことになる。そう躊躇いはしたものの、やはりどうにも気になり、神津は震える指先でカーソルを添付ファイルに合わせダブルクリックした。

「……っ」

jpgの拡張子がついていたので写真か何かだろうと予測してはいたが、開かれた画像に神津は息を呑《の》んだ。

画像は、以前上条との仲を週刊誌にすっぱ抜かれた記事をスキャンしたものだった。もう半年も前のことになるというのに、今更この記事を持ち出すとは、と啞然としながらも神津は画面を閉じ、メールをゴミ箱に捨てた。

それから毎日のように同じメールが届くのである。受信拒否をするとメールアドレスを変えて送ってくる。文面とファイルが同じものだとわかってからは、神津は見覚えのないアドレスからの添付つきのメールは即行削除した。

メールは毎日届くが、それ以外の嫌がらせはなかったため、気味悪く思いながらも神津は放置していた。今日の事情聴取で「他に嫌がらせはないか」と問われたときに、神津の頭には真っ先にこのメールのことが浮かんだが、表沙汰《ざた》にすることをつい神津は避けてしまったのだった。

ただ『大学を辞めろ』というだけの嫌がらせなら、隠さず知らせたのであるが、上条絡みであることが神津を躊躇わせた。

結果上条も事情聴取されることになれば、地検にもそのことが知れよう。件《くだん》の週刊誌の件で謹慎処分を受けてから、地検内での上条の立場はどうもあまりよくないらしく、近々転勤の話が出るかもしれないということをちらと漏らされたばかりであった神津は、必要のない迷惑を上条にかけることを恐れ口を閉ざしたのだった。

しかし考えれば考えるほどわからない、とすっかり冷めてしまった紅茶を啜り、神津は大きく溜め息をついたあと、気持ちを切り替え立ち上がり、夕食の買い物に出ることにした。

高円寺に口止めした時点で神津は、このことを上条には言うまいと心に決めていた。言えば上条のことである、酷く心配するだろう。愛する人を煩《わずら》わせたくない、それゆえ普段どおりの生活をせねば、と神津は頭の中から殺された近石のことも、嫌がらせのメールのことも追い出し、スーパーへと出かけるべく支度を始めた。

「遅かったじゃないですか」

その頃、新宿西署の刑事部屋では高円寺が、勝手な行動を上司である遠宮に叱責されている真っ最中であった。

「遅いか？　送って即帰ってきたんだが」

まだ三十分も経っちゃいねえ、と言い返す高円寺の声に遠宮の怒声が重なる。

「だいたいどういうつもりです！　命令違反も甚《はなは》だしい！」

叱責される高円寺と、顔を真っ赤に紅潮させて怒鳴りつける遠宮の二人を遠巻きに眺める刑事たちは、『また始まった』というように互いに目を見交わし合っている。遠宮に叱りつけられる高円寺というこの図は最早《もはや》新宿西署の風物詩とも名物ともいわれており、とばっちりを恐れ刑事たちは常にこっそり見守っているのだった。

「どういうつもりもこういうつもりもねえよ。まさとっさんは単なるストーカーの被害者だろ？」

「ストーカーの被害者がストーカー行為に耐えかね、相手を殺害したという可能性はゼロではないでしょう」

「おい、そりゃ本気で言ってるのかよ」

遠宮の返答に高円寺が珍しく声を荒立てる。部屋の窓がびりびりと振動するほどの豪快な笑い声を立てることはままある高円寺だったが、実は滅多に怒声を張り上げることはない。その彼が怒りを露わにしてみせたのに、遠宮は一瞬うっと言葉に詰まったのだが、すぐにキッと彼を見据えると負けじとばかりに大声を上げた。

「可能性の一つを述べたまでだ。本気に決まっているでしょう」

「まさとっさんは自分がストーカー被害に遭っていることを知らなかったんだぜ。知らないものをどうして耐えかねることができるんだよ」

「『知らない』というのはあくまでも彼の主張であり、事実であるという保証はどこにもありません」

「保証は俺だ」

「あなたになんの保証ができるというのです」

声高に言い争う二人の顔が次第に紅潮し、内容も感情的になってくる。

「か、課長……」

見るに見かねた納が口を挟もうとしたが、遠宮も、そして高円寺もすっかり興奮し、彼を見向きもしなかった。

「疑う必要もない人間を疑うとは、初動捜査のミス以外の何ものでもねえよ」

「必要のない疑いなど最初から抱かない。捜査の指揮は私が執《と》る。お前に指図される覚えはない！」

「誰も指図なんかしちゃいねえよ。まさとっさんはそんな人間じゃねえと言ってるだけじゃねえか」

「信用できません」

「なにを?」

高円寺が遠宮に詰め寄ろうとする。気配を察した納が慌てて彼へと駆け寄り腕を掴んだのは、そうでもしなければ高円寺が遠宮の胸ぐらを掴みかねないと思ったからなのだが、他人にそう思わせるほどに明らかに高円寺は激昂《げっこう》していた。

「高円寺さん、落ち着いてください」

納に言われ、高円寺が我に返った顔になる。遠宮もまた我に返った顔になると、幾分トーンの下がった声で高円寺に問いかけてきた。

「あなたも気づいたはずです。神津さんは明らかに何かを隠していた。おかしいとは思いませんか」

「……隠していたのは、嫌がらせのメールを貰っていたことだ。別に問題にすべきことじゃない」

高円寺の答えに、遠宮の頬にまた、傍目にも見て取れるほどに血が上ってきた。

「なぜ彼はそれをあのとき言わなかったのです」

「気が動転してたんだろ。深い意味はねえよ」

「どうしてそれがわかる？」

「あとから俺に言っただろ？　隠す気だったら隠しとおしたと思うぜ」

「…………」

遠宮はここで何か言いかけたが——酷く感情的な言葉であったと推察できた——課長としての立場を思い出したようで、小さく息を吐いたあと高円寺を厳しく見据え、きつい語調でまくし立て始めた。

「あなたと神津さんとの間にどれだけの信頼関係があるかは私の関知するところではありません。が、あの場で彼が嫌がらせメールのことを言わなかったのは、客観的に考えて不自然です。彼が事件と無関係だというのなら少なくともそのメールの発信人がガイシャ本人か否かくらいは確かめるべきでしょう。違いますか？」

「…………」

今度は高円寺が何かを言いかけたあと、大きく息を吐き出し遠宮を睨んだ。一触即発を予感させる危うい沈黙が暫《しば》し流れる。

「すぐに神津氏に連絡し、嫌がらせメールの詳細を聞き出してください。あなたが聞きづらいというのなら私が出向きます」

何も言わない高円寺に遠宮がきっぱりとそう言い切り、彼を真っ直ぐに見据えて寄越す。

「了解だ」

冷静たれと己に言い聞かせているのがありありとわかる遠宮の口調に、高円寺もまた冷静さを装った返事を返すと、じろりと彼を一瞥したあと踵を返した。

「高円寺さん！」

納が慌てて高円寺のあとを追う。

「何をぼんやりしているのです。ガイシャの家の近所、それに大学での聞き込みに至急向かってください」

遠宮の攻撃が、それまで聞き耳を立てていた部下たちへと向かったのに、刑事たちは口々に「わかりました」「行って参ります」と叫びながら刑事部屋を飛び出していく。

「……まったく」

憤懣《ふんまん》やるかたなしといった口調で遠宮は呟《つぶや》き、大慌てで部屋を出てゆく部下たちを見送ったのだが、実際自分をこうも『憤懣やるかたない』状態に追いやっているのは彼らではないことは、彼自身が一番よくわかっていた。


追いかけてきた納を、「コッチは俺一人で大丈夫」と追い返したあと、高円寺が向かったのは神津の家ではなく、日本橋《にほんばし》にある中津の勤務先、佐伯《さえき》法律事務所だった。

「どうした、こんな時間に」

携帯で「下まで来ている」と呼び出すと、中津はすぐにロビーに降りてきた。話がしたいという高円寺を中津は同じフロアにある喫茶店へと導き、改めて、

「で？」

と問いかけてきた。

「実はよ」

高円寺が事件の概要を簡単に説明する。中津は「ええ？」と心底驚いた様子で話を聞いていたが、やがて高円寺が話し終えると、

「うーん」

端整な眉を顰めながら、唸《うな》り声を上げげた。

「確かにタローちゃんの言うとおり、嫌がらせのメールのことを隠していたのは不自然といえば不自然だけど、メールの件を公表しなかった気持ちはわからないでもないね」

「これ以上警察に付きまとわれたくない——だろ？」

「責めないでやってくれ。皆そういう気持ちは多かれ少なかれ持っているもんだ」

ぽん、と中津が高円寺の肩を叩く。

「わかってるよ」

「でも、もしも神津さんがストーカー行為に心当たりがあり、メールの発信人もその殺された

学生だと思えたのなら、さすがに報告したと思うんだ。もともと倫理観の強い人だし。そういう意味ではその学生のストーカー行為に気づかなかったという彼の言葉に嘘はないだろうし、メールもたいしたことない内容だったんじゃないかな」

「さすが中津だ。俺が頭ん中でもやもや～っと考えていたことを、こうも理路整然と説明されるのは気持ちいいや」

高円寺が心底感心した声を出す。

「高円寺は勘のみで動いてるからな」

苦笑する中津に、

「人を動物みたいに言わないでくれ」

高円寺がふざけて彼を睨み、二人顔を見合わせ笑い合った。

重要な会議を抜けてきたので、あまりゆっくりはできないのだ、と中津は言い、席を立つ。

「悪かったな」

用件を伝えたわけでもないのに、そんな忙しい中、こうして十分以上自分のために時間を取ってくれたことを高円寺は詫びたあと、机の上の伝票を摑んだ。

「せめて奢《おご》らせてくれ」

「気にするな」

気を遣う仲じゃないだろう、と中津は高円寺の手から伝票を奪い返すとレジで「アイスコーヒー」と自分の分だけ支払った。

「これから神津さんのところに？」

喫茶店を出ながら、中津が高円寺に問いかける。

「……どうすっかな」

腕組みをし、唸る高円寺に、中津は苦笑したあと、またぽん、と彼の肩を叩いた。

「上司命令には従ったほうがいい。公的には勿論のこと、プライベートにも支障が出そうだからな」

「さすが中津。これまた的確な読みだぜ」

怒り心頭といった状態の遠宮の様子を語ったわけでもないのにきっちり見抜いた友に、高円寺はまたも感嘆の声を上げながら、中津の背を叩き返した。

「あまりタローちゃんの神経逆撫《さかな》でするなよ」

「しねえ、しねえ。あとが怖えからな」

がはは、と豪快に笑い、「それじゃあな」と高円寺が中津に手を振る。

「よかったら経過を教えてくれ」

「勿論だぜ」

中津もやはり気になるようで、別れ際にそう声をかけてきたのに、高円寺は肩越しに彼を振り返り頷くと、さてこれからどうしたものか、と一人考えを巡らせた。

中津が神津は事件には無関係であるという推理を展開してくれたから――というわけではないが、神津のもとを訪れる気は失せていた。皆が向かっているという大学での聞き込みにジョインするかと行き先を決め、覆面パトカーに乗り込んだ高円寺は、きっと聞き込みをする刑事たちの口から、神津の名が出ているだろうということに改めて気づき、大きく溜め息をついた。

大学での神津の立場が悪くならないといいが――幸いなことに上条との関係をすっぱ抜かれた記事が週刊誌に掲載された際にも、たいした騒ぎにはならなかったらしいが、こと殺人事件が絡んでくると、皆もそう無関心ではいられないだろう。

神津を傷つけないためにも、一刻も早く犯人を見つけることだ、と高円寺は一人頷くと、それが彼の癖でもある、タイヤを鳴らすほどの急発進で大学へと向かった。

神津の携帯に上条から『今日は遅くなりそうなので、先にメシ食っててくれ』というメールが入ったのは、夕食の支度をほとんど終え、テーブルセッティングもすませたあとだった。

『わかった。頑張って』

今夜は上条に傍にいてもらいたかったが、多忙な彼に我儘《わがまま》を言うわけにはいかない。神津はそう返信すると、並べた料理にラップをかけ、食欲もなかったのでリビングのソファに寝ころび天井を見上げた。

少し前に大きな『捕《と》り物』が終わったとのことで、ここ数日上条の帰りはほぼ定時だったのだが、また新たな仕事が始まったのかもしれない。あまり無理をしないといいのだが、と上条を思いやる神津の脳裏に、昨夜上条が見せた暗い表情が蘇った。

確か『安西』と言ったか——学生時代、上条を目の敵にしていた男がいたという話は、神津の印象に深く残っていた。

ヤクザと見紛《みまが》う三白眼の持ち主である上条は、一見恐ろしげに見えるが、人柄を知れば彼を嫌う相手はそうそういないと思われる。

何か特別な原因があったのか。それともただなんとなく気に入らないというレベルだったのか——結局詳しい話は聞けずじまいだった、と神津は溜め息をついたが、自分も同じことをしようとしているという事実に気づき、一人苦笑した。

神津が付き合った男は上条で二人目である。最初の男は酷い悪人で、神津の想いを利用し最後は彼を殺そうとまでしたのだった。

その危機を救ってくれたのが上条だったわけだが、上条と出会い神津は初めて、自分を真摯に想ってくれる相手を得たと実感した。

『愛情』という概念はそれまで神津の中では漠然としたものでしかなかったが、上条から受ける想いこそが——そして上条に対する想いこそが『愛情』だと、今彼ははっきりと認識していた。

だからこそ、真の『愛情』を抱く相手を失いたくないという思いをことさらに抱くようになった神津は、自分が今まで以上に臆病《おくびょう》になっているということも自覚していた。

上条に嫌われたくないから、彼が言いたがらないことは敢えて聞かない、上条を失いたくないから、彼を困らせるような、或《ある》いは不快に思われるようなことはできるだけ口にしないようにする——とはいえ、言いたいことを我慢しているなど、そう無理をしているわけではないのだが、やはり心のどこかでブレーキをかけている部分があることは否定できないと思う神津の口から、我知らぬうちに溜め息が漏れた。

世の恋人たちは皆、もっと赤裸々に互いの思いをぶつけ合うものなのかもしれない——神津の脳裏に、自分を挟んで口論していた高円寺と遠宮の姿が浮かぶ。

互いの主張を少しも曲げない二人からは、互いに対する遠慮は欠片《かけら》ほども感じられなかった。

勿論あれは二人の『仕事の顔』であり、日常生活はまた違うのかもしれないが、それにしても、ああも正面からぶつかり合う二人の関係を目の当たりにした神津の胸には、羨望《せんぼう》としかいいようのない想いが宿っていた。

「……隣の芝生だ……」

もしも本当に羨ましいと思うのなら、まず自分が包み隠さず、すべてのことを上条に話すべきだろう、と神津は自嘲し、もう寝てしまおうか、と立ち上がった。

ベッドの中で目を閉じると、今まで気にも留めていなかった近石という学生の顔が浮かんでくる。

本当に彼は自分に対しストーカー行為を働いていたのだろか――写真を撮り、一日の行動の詳細をメモしていたその現物を見たのに、やはりどうにも実感が湧かない。だいたい人の情念というものはどんなに隠そうとしても全身から滲《にじ》み出るものなのではないかと思うのだが、あの近石という学生からは、自分に対するその手の情念は――ストーカー行為をするほどの情念は――立ち上っていなかったように思う。

そこまで自分は人の感情に鈍感だっただろうか、と半ば自己嫌悪に陥りながら神津は布団の中で溜め息をついたあと、眠ろう、と目を閉じ思考をシャットアウトした。

翌日、研究室に出ると教授から呼び出しがあった。

「警察に呼ばれたそうだな」

老教授は神津のことをいたく気に入っており、いつもにこやかに応対してくるのだが、今回に限っては彼は酷く厳しい表情を湛《たた》えていた。

「はい。先生のゼミの近石という学生が亡くなったそうで、その件で」

「ワシのところにも刑事が来てそれで聞いたんだが、その近石という学生、本当に君にストーカー行為を行っていたのか？」

「……警察で、私の写真と一日の行動を書いたメモを見せられましたが、正直、まったく気づいていませんでしたので、なんとも……」

神津の答えを聞き、それまで厳しい顔をしていた教授の頬にほっとした笑みが浮かんだ。

「なんだ、気づいていたわけじゃないのか」

「はあ……？」

どういう意味だ、と訝《いぶか》りながらも頷いた神津の肩を、老教授はぽんと叩いた。

「なんだ、ワシはてっきり君がいらぬ気を遣っているのかと勘違いをしておった。なんだ、気づいてなかったのか」

微笑む教授に神津は「はい」と正直に頷きながら、教授が思いもよらないことを案じてくれていた事実に驚きと安堵《あんど》を感じていた。

「ワシにもどうもあの学生が……近石君がストーカー行為に耽《ふけ》っているようには見えなかった。何かの間違いではと思いたいが、実際写真やレポートが出てきたとなるとやっていたということになるんだろうなあ」

「そうなんです。真面目な話、本当に少しも気づかなかったんですよ。普通は気づきそうなものだと思うんですが……」

教授と神津、二人して顔を見合わせ、どうも腑《ふ》に落ちない、と頷き合ったあと、教授がさもなんでもないことを告げるかのような口調でこう切り出した。

「ところで神津君、それ以外に最近困ったことはないかね？」

「はい？」

突然何を言い出したのだ、と神津は戸惑い問い返したのだが、続く教授の言葉には、あ、と小さく声を上げてしまった。

「実はワシのところに、最近毎日のようにおかしなメールが来る。君を辞めさせろという内容で、週刊誌の記事が添付してあるんじゃが、もしや君のところにも届いているんじゃないかと思ってな」

「……はい……届いていました」

あのメールが自分だけでなく教授にも届いていたということに衝撃を受けつつ神津は頷いたのだが、もしや、と思い顔を上げ教授に問いを発した。

「……あの、メールが届いていたのはもしかして教授だけではないのでしょうか」

「ああ。研究室の皆に届いていたようだ。報告を受けたが、悪戯だから捨て置けと命じておいた」

神津にショックを与えないようにという配慮であろう、事務的な口調で教授が告げる。

「…………」

やはり、という思いはあったものの衝撃を受け黙り込んだ神津に対し、教授は痛ましげな視線を向けたあと、手を伸ばして彼の肩をぽん、と叩いた。

「気にすることはない。実際、皆の態度も変わってないだろう？」

「……はい……」

もともと研究室のメンバーは自分たちの研究に没頭するタイプの人間が多く、腹を割って話し合うというような付き合いをしている者はそういない。とはいえ、日常会話は普通に交わすし、たまに飲みに行くこともあるのだが、言われてみれば確かにあのメールが届き始めてからも、彼らの自分への対応には変化はなかった。

それもおそらく教授が彼らに対し徹底してくれたのだろうと、申し訳なさとありがたさが込み上げてきて、神津は改めて目の前の教授に対し深く頭を下げた。

「本当に何から何まで、申し訳ありません」

「言っているだろう？　君は被害者なんだ。謝るべきはくだらない悪戯メールを送ってくる奴であって、君が周囲に対して申し訳なく思う必要はまるでないよ」

「……しかし……先生にお世話になった当初から、ご迷惑のかけどおしですし……」

以前勤めていた製薬会社での贈賄事件しかり、悪戯メールにも添付された週刊誌の記事しかり、当時はマスコミが押しかけ大変な騒ぎとなった。今回もまたことが知れれば週刊誌やワイドショーが以前の上条との関係に絡め、騒ぎ立てるかもしれない。

それを思うと申し訳ないとしかいいようがなく、神津は尚も「申し訳ありません」と深く頭を下げたのだが、老教授は彼の謝罪を笑顔で退けた。

「迷惑なんかかかっとらん。今や君は研究室にはなくてはならない存在だ。人の噂も七十五日、すぐ収まるだろう。マスコミがいよいよやかましくなったら、大学に来るのは見合わせたほうがいいかもしれんが、今の状況なら別に問題はなかろう。休みたいというのであれば勿論、休んでもらってもかまわないが、ワシとしてはいつもどおり出勤してもらえると助かるんだがね」

「……ありがとうございます」

あくまでも『気にするな』という姿勢を貫く教授を前に、神津の胸に熱いものが込み上げてくる。目の奥も熱くなり、声が涙に震えてしまったのに気づいたらしい教授は、

「礼を言うようなことじゃないだろう」

明るい声でそう言うと、神津の肩をまたバンバンと力強く叩いてくれたのだった。

神津が研究室に戻ると助手の坂井《さかい》が近寄ってきて、「教授、なんでした？」と声を潜めて尋ねてきた。

「あの……」

どう答えるべきか迷い、神津が口籠《ご》もると、坂井は尚も顔を寄せ囁きかけてくる。

「近石君のことだったんじゃないですか？　僕のところにも警察が事情を聞きに来たんですが、

いやあ、驚きましたねえ」

「……ええ」

坂井は今年三十五歳になる、研究室内では古参《こさん》の助手だった。去年准教授になるチャンスがあったのだが同期のライバルに敗退、その際その同期を陰《かげ》であしざまに罵《ののし》っていたことから、神津は彼を苦手としていた。

細身で顔立ちの整った美形なのだが、縁なし眼鏡の向こうの目は常に様子を窺っているような雰囲気がある。人当たりはよく、最初のうちは院生もなつくのだが、そのうちに「何を考えているかわからない」と言われ、人が離れてゆく人望のない男だった。

出世欲はかなり逞しいのだが、研究自体にはそう尽力せず、発表などの派手な部分ばかりをやりたがる。滅多に人の悪口を言うことのない老教授が「彼には本当に困ったものだ」と神津に零《こぼ》したことさえある、なかなかの問題児なのだった。

「近石君の人となりを聞かれたんですが、大人しい、目立たない生徒だったってくらいしか答えようがなくて。警察の話じゃ、室内に財布も通帳もそれに時計なんかもあったそうだから、強盗なんかじゃなく怨恨だろうっていうんですがね、別に彼、人に恨みを買うようなタイプじゃなかったですよねえ」

噂好きでもある坂井が、立て板に水のごとく警察から得た情報を喋《しゃべ》りまくる。相槌の打ちようがなく「はあ」と頷いた神津に、坂井は尚もこそこそと話を続けた。

「刑事に近石と神津さん、あなたの関係を聞かれたんですが、なんかあったんですか？」

「……いえ、別に」

要はそれが知りたかったのか、と神津は納得したものの、とても坂井相手に詳細を話す気にはなれず、そう誤魔化《ごまか》すと「失礼します」と横をすり抜け、自分のデスクへと向かった。

「学内では随分な騒ぎになってますよ。近石君の交友関係を刑事たちが聞き込んでるようでね。そのうちに神津さんのところにも刑事が来るんじゃないですか」

神津のあとを追い、しつこく話しかけてきた坂井は昨日休んでいたため、神津が既に警察に呼び出されたことを知らない様子だった。

「そうですね。事前に教えてくださり、ありがとうございます」

会話を打ち切るにはこれしかないかと、神津は丁寧に坂井に頭を下げ、パソコンの電源を入れ画面に集中する素振りをしてみせた。

「どういたしまして」

坂井はまだ喋り足りなそうな顔をしていたが、神津が全身で拒否しているのが伝わったのか一言そう言うと自席へと戻っていった。

やれやれ、と溜め息をつきながらメールチェックをし始めた神津の目が画面に釘付けになる。

『重要　神津雅俊様』

画面にはいつもの嫌がらせのメールが浮かび上がり、神津の血の気を引かせていた。

4

捜査はその後進展を見せず、数日が過ぎた。実りのない報告しかなされない捜査会議の最中、高円寺の携帯が着信に震えた。

「失礼」

かけてきたのが馴染みの本庁の刑事であったため、高円寺は一応手を上げて退出の許可をとると——遠宮はあからさまに嫌な顔をしたが——そのまま部屋を出、応対に出た。

「はい、高円寺」

『高梨《たかなし》です。お忙しいところすみません』

「かまわねえ。なんだ？」

電話の向こうから京訛《なま》りの関西弁が響いてくる。相変わらず腰にくる美声だとどうでもいいことを考えながら高円寺は問い返したのだが、続く刑事の言葉にはぎょっとし、大声を上げた。

『実は本庁に東京地検特捜部の上条検事の殺人予告が届いたんです。他には大手新聞社とテレビ局に届いているようなんですが、高円寺さんの耳にも入れておいたほうがええ思いまして』

「なんだって？　殺人予告だと？」

高円寺の驚きの声に、電話の向こうの本庁の刑事は『そうなんですわ』と相槌を打ったあと、詳細を説明してくれた。

『文面は簡単なもので、東京地検特捜部の上条秀臣検事を殺すと、一言書いてあるのみでした。署名はなく、本庁に届いたものにもマスコミに届いたものにも、指紋は一切残されていません。消印はバラバラですが、すべて都内から発送されたものでした』

「……で、本庁は？　それにマスコミはどういう対応を？」

勢い込んで尋ねる高円寺の耳に、冷静な本庁の刑事の声が響く。

『マスコミのほうは完全に報道を抑えさせました。本庁としては上条検事の警護を申し出たんですが、検事のほうから悪戯やろうから必要ないと拒否されまして……』

「あの馬鹿野郎の言いそうなことだよ。それで？」

高円寺が続きを促したとき、会議室のドアが開き、中からどやどやと人が退出してきた。

「会議、解散になりました。高円寺さんは俺と大学の聞き込みです」

刑事たちをかき分け、納が近づきながら声をかけてきたのに、わかった、と高円寺は頷き通話を続けようとしたのだが、部屋から出てきた遠宮が新人刑事の山下を伴い、部屋を駆け出てゆくのに気づいた。

「おい」

思わず声をかけたものの、振り返ったのは山下のみで遠宮は足を止める気配がない。

『高円寺さん、どうされました？』

尚も呼びかけようとしたのだが、電話の向こうから本庁の刑事に問いかけられ、意識をそちらへと戻さざるを得なくなった。

「悪い。で？　結局上条の警護はナシか」

『いえ、一応つける予定です。上条さんは悪戯と決めつけていますが、本来特捜部の検事の名前は一般に公表されていません。なのに上条さんを名指しで予告してきたことが気になります』

「確かにそうだな……」

高円寺は頷いたあと、神津の件も話しておいたほうがいいと判断し、「実はな」とR大学の学生が何者かに殺されたことと、その学生が上条のパートナーである神津に対しストーカー行為をしていたことを簡単に伝えた。

『そないなことがあったんですか』

捜査一課は何係にも分かれているため、電話の主の刑事の耳にその件が入っていない可能性は大きいと思った高円寺の勘は当たったたらしく、刑事は心底驚いた声を上げたあと、ううむ、と唸った。

『……関連性があるともないとも言い切れませんが、同じタイミングというのが気になります。殺人予告も特捜部の検事宛というよりは、上条さん本人に対する私怨やないかと僕は見とるんですが』

「まあそうだろうな。しかしあいつは面《つら》ぁ怖《こえ》ぇが、人の恨みを買うような野郎じゃねえんだけどな」

『高円寺さんのお友達ですからね』

「おうよ」

軽口を叩き合ったものの、本庁の刑事はすぐに真面目な声を取り戻した。

『ありがとうございました。その件も踏まえ、もう一度上条検事にコンタクトを取ることにします』

「よろしく頼むぜ」

俺も連絡してみる、と高円寺は言って電話を切った。

「誰からです?」

彼の電話が終わるのを傍で待っていた納が問いかけてくる。高円寺が名前と用件を伝えると、納は「なんですって?」と仰天《ぎょうてん》した声を上げた。

「どういうことなんでしょう。今回の件と関係はあるんでしょうかね」

「わからねえな……」

あるようなないような、と答えながらも高円寺の野生の勘は『関係あり』と告げていた。

「上条さん、大丈夫でしょうか」

「お前の同期がしっかり見張ってくれてるからな。まあ、大丈夫だろう」

心配そうに眉を顰めた納の肩を高円寺は軽く叩くと「それより」と先ほどからずっと気になっていたことを彼に問うた。

「さっき課長が新人連れて出ていったが、ありゃなんだ？」

「ああ、なぜか今回、遠宮課長はやる気に溢《あふ》れてまして、自分も聞き込みに参加すると主張しましてね」

「聞き込みだあ？」

捜査の陣頭指揮を執る遠宮が署を離れることは滅多にない。それが今回に限り外回りに参加するとはどういう風の吹き回しだ、と眉を顰めた高円寺に、納はある意味真理をついたことを言い、高円寺を感心させた。

「なんだか今回、特に意地になっているように見えますね。冷静さを欠いているというかなんというか……」

「意地ねえ」

確かに意地になっている、と高円寺は昨日、いくら携帯に電話を入れても遠宮が出ようとしなかったことを思い出し、肩を竦めた。

結局悪戯メールのことを神津に確かめなかったことがわかると、遠宮は激怒し自分が代わりに出向くと高円寺に宣言したのだった。

が、すぐに研究室の助手から悪戯メールの話が出、内容が明らかになったために、遠宮が直接出向く必要はなくなった。その助手によると悪戯メールは近石が死んだあとにも届いたとのことだったので、今回の事件とは無関係とカタがついたのだが、それでも遠宮が神津のことを気にしているのには、高円寺も気づいていた上で、苦々しく思っていたのだった。

「本当に意地でのみ、動いてるよな」

腹立たしさを隠そうともせず言い捨てた高円寺に、

「課長は神津さんの人となりを知りませんからねえ」

仕方ないかもしれません、と納が今度は遠宮を庇《かば》うような発言をする。気づいた高円寺がじろりと睨んだのに、納は慌てて首を横に振った。

「いや、そういう意味じゃないですよ」

「どういう意味だよ」

憮然として問い返した高円寺に、納が汗を拭き拭き自分の発言を説明する。

「目撃者も出なければ、ガイシャの交流関係からも怨恨の線は出てこない。殺しに関係ありそうなネタといったらガイシャがストーカーをしていたということくらいとなると、そのネタに飛びつくのもわからない話じゃないということですよ」

「……まあ、そのとおりではあるんだよな」

高円寺が素直に頷いたのに、納はほっとした顔になると「行きますか」と彼を聞き込みに誘った。

「本当に何も出てこねえんだよな。付き合っていた女もナシ、揉《も》めていた友人知人もナシ」

「借金もナシ、本当に誰に聞いても『品行方正で真面目な学生』だったと言いますからね。動機がまったく見えない。人違いでもされたんじゃないかって説まで出ましたからね」

高円寺と納、二人して首を捻《ひね》りつつ覆面パトカーに乗り込み、会話を続ける。

「部屋を物色されたあともなかったんだったか」

「まあ、物色するような部屋じゃありませんでしたが、携帯はなくなっていたという話でしたね」

被害者の部屋は六畳一間のアパートだったが、まだ越して日が浅いせいもあり、室内にはほとんど物がないような状態だった。

近石というその学生の実家は青梅《おうめ》で、三年までは自宅から通っていたのだが、四年になって実験のために研究室に寝泊まりすることが多くなってきたのを機に、引っ越したのだという。

「携帯か……パソコンは？」

「見あたらなかったんですが、自宅にパソコンは持っていなかったようだと母親が言ってました」

「携帯一つなくなったくらいじゃ、強盗殺人の可能性は無に等しいな」

「まあ、強盗に入るつもりで押し入ったあと、勢いで殺してしまい、怖くなって逃走……という可能性もないではないですが」

「携帯を盗んでいった時点でその可能性は消えるだろ」

行き当たりばったりの犯行であれば、携帯を盗む理由などない。

「そりゃそうですね」

失礼しました、とハンドルを握りながら納が頭を下げたのに、

「それだけ五里霧中ってことだろ」

気にするな、と高円寺が笑い片目を瞑《つぶ》ってみせた。

「で、これから俺たちはガイシャの何を聞き込むって？」

「ここ数日の行動です。誰と会って何を喋ったか、気になることはなかったか……」

「気になることがありゃあ、これまでの聞き込みで喋ったと思うがな」

肩を竦めた高円寺に、

「それだけ五里霧中ってことでしょう」

納は先ほど高円寺が口にした台詞《せりふ》を繰り返してみせ、二人顔を見合わせ苦笑し合った。

「徒労覚悟で聞き込むとするか。刑事は足で稼がなあかん」

「嘘くさい関西弁ですね」

大学に到着するまで車中では気の合う者同士の会話が続き、到着したあとには二人して聞き込みを開始したが、予想どおりといおうか、収穫はまるでなかった。

「高円寺さんの服装のせいで学生に引かれたんじゃないとは思いますが」

「失礼なことを言いやがるぜ」

あまりにも収穫がないことの責任を納が高円寺の服装に転嫁したそのとき、ヤクザめいたスーツの内ポケットに入れてあった高円寺の携帯が着信に震えた。

「お」

ディスプレイを見た高円寺は、そこに上条の名を見出し、応対に出る。

「おう、俺も電話しようと思ってたんだが」

『呑気《のんき》な声出してんじゃねえぞ。まーが事情聴取受けたって本当か？』

上条が気色ばんだ声で高円寺を責め立てる。

「おめえこそ、殺人予告が来たそうじゃねえか」

だが高円寺がそう言い返すと、電話の向こうで上条がうっと言葉に詰まった。

『なんで知ってやがるんだ』

「ジャの道はヘビ……なんてことより、おい、大丈夫なのかよ」

取り敢えず会わねえか、という高円寺の誘いに上条が乗ったため、高円寺は聞き込みを納に任せ、上条と待ち合わせた新宿へと向かった。

内容が内容だけに、人目のないところで話したいと、高円寺はミトモの携帯に連絡を入れ、店を貸してほしいと頼む。と、

『高いわよお』

まだ寝ていたらしいミトモがガラガラ声でそう言い、鍵は近所に住んでいるというバイトに開けさせておくと気安く了承してくれた。

「助かるわ」

『勝手に酒飲むんじゃないわよ』

寝ぼけているようでしっかりしているミトモに感心しつつ、高円寺は新宿二丁目のゲイバー『three friends《スリーフレンズ》』に向かった。

バイトの学生に礼を言って鍵を受け取り、店に入る。と、五分ほどしてカウベルが鳴り響き、いつも以上に目つきの悪い上条が入ってきた。

「いらっしゃい」

ミトモの真似をし声をかけた高円寺に、上条の目つきはますます悪くなる。

「てめえ、ふざけてる場合かよ」

「それはコッチの台詞だ。殺人予告が来たんだと？」

凶悪な顔で問いかけてきた上条も、高円寺のこの返しには、憮然としつつも「ああ」と頷いた。

「心当たりは？」

「ねえ」

即答する上条の顔を、「ホントか？」と高円寺が疑り深く覗き込む。

「なんだよ、俺が人に恨まれるような人間に見えるってのか？」

「充分見える……なんてふざけてる場合じゃねえだろ。マジで心当たりはねえと？」

「ふざけてるのはどっちだよ」

真面目な顔になった高円寺に、上条はぶつぶつ言いながらも「ねえ」と再び首を横に振った。

「名指しだろ？　最近かかわった捜査絡みじゃねえのか？」

「それは本庁の刑事にも言われたよ。だがアレだって個人で動いたわけじゃねえしな。第一あの件じゃ、俺は完全裏方で相手側に名乗るチャンスはなかったぜ」

「……そうか……」

ううん、と考え込んだ高円寺に、

「それよりよ」

上条は身を乗り出し、顔を覗き込んだ。

「まーが事情聴取されたんだって？」

「事情聴取じゃねえよ。話を聞いたんだ」

「一緒じゃねえか」

悪態をつく上条に高円寺は「実は」と神津が巻き込まれた事件の概要を説明したのだが、既に上条はだいたいのところを理解していた。

「なんでぇ、聞いてんのか」

「ああ、さっき本庁の刑事にな。しかしなんだって俺に教えねえ？　水くさいじゃねえか」

上条が恨みがましく高円寺を睨む。

「仕方ねえだろ。神津さんに黙っていてほしいって頼まれちまったんだからよ」

「本当に水くさいよなあ」

溜め息交じりに呟いた上条に、

「あのよ」

高円寺が逆に彼の顔を覗き込み、三白眼を見据えた。

「わかってると思うが、心配かけたくなかったんだろうよ」

「勿論わかってるぜ。わかってるけど、なんか、寂しいじゃねえか」

上条が悔しげに呟き、溜め息をつく。

「……まあ、飲め、と言いたいが、ミトモにきつく止められてるからな」

高円寺がわざとおちゃらけてみせたのに、上条はくすりと笑うと、「あーあ」と天井を見上げた。

「俺だってまーの気持ちはわかるんだよ。でもなんつうかさあ」

「……俺もおめえの気持ちはわかる」

うん、と頷いた高円寺がカウンターの内側に回り込み、台の下にある冷蔵庫を開け中から瓶ビールを取り出す。

「おい、きつく止められてんだろ?」

「一本くらい見逃してくれんだろ」

「勤務時間中じゃねえのかよ」

「もう六時だからな。定時は終わってるぜ」

上条も本気で止める気はないようで、勝手知ったるとばかりに高円寺がグラスを取り出しビールを注ぎ終わると、自ら手を出し洒落《しゃれ》たグラスを取り上げた。

「乾杯」

「乾杯」

何に、とは言わずにグラスを合わせ、二人して一気に飲み干す。

「ああ、そうだ。ボトルを開けりゃよかったんじゃねえか」

「そういやそうだな」

一杯のビールですっかり飲む態勢となった二人は、店主がいないのをいいことに自分たちのボトルを探し出し、勝手に氷やグラスを準備し、その上冷蔵庫に入っていた漬け物まで出してきて、カウンターを挟み飲み始めた。

「で、その学生の事件はどうなったんだよ」

飲んではいたが、上条はいつものように弾けることなく、真面目な顔で高円寺に問いかける。

「まさに暗礁に乗り上げたって感じだ。動機も何も見つからねえ。真面目な学生っつう話しか出てこねえんだ」

「真面目な学生がストーカーになるかよ」

上条が突っ込んだのに、

「それもなんだがよ」

と高円寺が頷いてみせる。

「どうもおかしいんだよな」

「何が？」

「神津さんも心当たりがねえっつうし、他の学生からも、研究室の面子からも、ほんと、誰からも、ガイシャがまさとっさんに興味を持っていたようだっつう証言が出てこねえんだな」

「それも不自然な話だな。まーには具体的な被害は何もねえんだろ？」

うーん、と唸る上条に高円寺は神津から聞いた嫌がらせのメールの話をしようかどうか迷ったが、事件とは関係ないかと判断し打ち明けるのをやめにした。

「ああ、まさとっさんも信じられねえと言ってた。証拠の写真とレポートを見て尚、信じられねえ様子だったぜ」

「その証拠の写真とレポート、本当にガイシャが書いたものだったのかよ」

上条の思いもかけない指摘に、高円寺は「え？」と目を見開いた。

「だからよ、誰かがガイシャの部屋に持ち込んだものとは考えられねえのかよ」

「誰かって、犯人か？」

なるほど、その可能性は考えなかった、と高円寺はぽんと膝を打ったのだが、次の瞬間には、

「ああ、駄目《だめ》だ」

と残念そうな顔になった。

「なにが？」

「研究室にあるガイシャのパソコンからデータが出たんだった」

「そのパソコンはガイシャしか使えねえのか？」

「どうだったか。パスワードくらいはあるんじゃねえの？」

「調べろや」

横着《おうちゃく》しねえでよう、と上条に睨まれ、

「わかったよ」

と高円寺がポケットから携帯を取り出したその瞬間、彼の携帯が着信に震えた。

「おっと」

開いてディスプレイを見やった高円寺の目に『非通知』の文字が浮かぶ。本部からの呼び出しか、と渋い顔をしつつも、無視もできないと高円寺は応対に出た。

「はい、高円寺」

『高円寺さん！　今どこですか？』

電話の主は意外にも納だった。いつもは携帯からかかってくるのにどうしたことかと思う高円寺の胸が、一瞬にして嫌な予感に満たされる。

「新宿だ。どうした、サメちゃん」

『すぐ戻ってください！　大変です』

「だから何が大変なんだよ」

余程動揺しているのか、珍しくも埒《らち》が明かないことを言い出した納に問い返した高円寺だったが、返って来た答えには彼が動揺し言葉を失ってしまった。

『遠宮課長が行方不明です。聞き込みに同行した山下は重傷を負って病院に運ばれてます』

「……なんだと？」

「おい、どうしたよ」

顔面蒼白《そうはく》で絶句する高円寺に、尋常ではない事態が起こったことを察した上条が問いかける。

『詳しい状況は、今山下に付き添っている田中《たなか》から入ることになってます。とにかくすぐに戻ってください』

「わかった」

真っ青な顔のまま高円寺は携帯を切ると、心配そうに眉を顰めている上条に「あとは任せた」と言い置き、店を飛び出そうとした。

「おう、気をつけろ！」

事情を説明する余裕もない様子の高円寺を上条は何も聞かずに送り出す。大丈夫なのかと友を案じる彼にもまた、この先顔面蒼白になる事態が待ち構えていた。


「おい！　どういうことだ！」

タクシーを飛ばし、新宿西署に駆け込んだ高円寺に、青い顔をした納が駆け寄ってきた。

「詳しいことはまだ何も……」

「どういう状況だったんだ？」

勢い込んで尋ねる高円寺に、納が簡単に今までの状況を説明し始めた。

「三十分ほど前に通報があったんです。場所は目黒《めぐろ》で、男が路上で頭から血を流し倒れていると……すぐに救急車が駆けつけたのですが、それが意識を失った山下だったというわけです」

「目黒だと？」

問い返した途端、高円寺は「あ」と大きな声を上げた。

「上条の官舎の近所か」

「え？」

高円寺の言葉に納は驚いたように目を見開いたあと、

「そうか！」

と大きな声を出した。

「どうして目黒かと思ってたんです。課長は神津さんに話を聞きに行ったんですね」

「携帯は？　出ないのか？」

なるほど、と頷く納に、高円寺が今はそれどころじゃないだろうと問いを重ねる。

「出ません……念のため家の電話にもかけてみたのですが、無人のようです」

「どういうことなんだ、くそっ」

高円寺が近くの机に拳《こぶし》を打ちつける。表面が凹むほどの勢いに納がぎょっとして目を見開いたそのとき、刑事部の電話が鳴った。

「もしもし？」

並み居る刑事たちを押しのけ、誰より早く受話器を取り上げたのは高円寺だった。

『田中です。手術前に山下から事情を聞くことができました』

かけてきたのは山下に付き添った田中という若い刑事で、

「田中か。どういう事情だ？」

高円寺が大声で誰からの電話であるかを繰り返し、周囲を見回す。納をはじめとする刑事たちは慌てて近くの受話器を取り上げ、田中の報告に耳をそばだてた。

『課長は車で何者かに連れ去られたそうです』

「なにを？　状況は？　詳しいことは聞けたのか？」

高円寺が大声を張り上げる。

『山下も意識が朦朧《もうろう》としていて、概略のみしか聞き出せなかったのですが、例のストーカーの被害者を尾行していた際、その被害者が何者かに拉致《らち》されそうになった、それを救おうとして課長も拉致、山下は重傷を負わされたようです』

「なんだと？」

高円寺が絶句したのと同じく、刑事たちも言葉を失い受話器を握り締めていた。

『また何かわかったら報告します』

それ以上の情報はないと田中が電話を切ったあと、すぐに非常線を引く手配をしたのは高円寺だった。

「事件発生からかなり時間が経っている。検問の範囲は都内全域に広げたほうがいい。手の空いている者は現場で目撃情報を集めてくれ」

「わかりました」

役職でいえば高円寺は決して高いほうではない。が、なぜお前が指揮を執ると非難の声を上げる者は誰一人としていなかった。

それほどに鬼気迫る雰囲気を醸し出していた高円寺は、すぐに上条の携帯に連絡を入れ、至急神津が無事か否かの確認を取らせた。

『なんだって？』

上条もまた心底驚いた声を上げたが、『わかった』と電話を切り、自宅に戻ったようだった。

高円寺は大学にも連絡を入れ、神津の在否を確かめたが、四時半頃には研究室を出て家に戻ったと、応対に出た者に聞かされ、それを上条の携帯に連絡した。

三十分ほどして上条から高円寺の携帯に、自宅に神津はいなかったと連絡が入った。その頃には目黒近辺の聞き込み部隊から、いくつか目撃情報が集まっていた。

午後五時半頃、路上で人の争う声がしたあと急発進する車のエンジン音を聞いたという近隣住民からの証言と、現場近辺で物凄いスピードで路地を走り抜けた黒いバンを見たという証言、いずれも神津と遠宮を拉致した車に間違いはなさそうだった。

『とりあえずソッチに行くわ』

高円寺が状況を報告すると、上条はそう言って携帯を切り、三十分ほどで新宿西署に現れた。

「おう、お疲れ」

高円寺が引き攣った笑みを浮かべ彼を迎える。

「何かわかったか」

上条もまた顔を引き攣らせ、高円寺に問いかけてきた。

「今のところ何も……検問にもひっかからねえ」

「車のナンバーは？」

「バンということしかわかってねえんだ。山下が――重傷を負った刑事の意識が戻りゃあ、もう少し詳しい話が聞けるんだが」

その山下の手術は随分と長引いているという報告が先ほど田中からあったばかりなのだ、という高円寺の肩に、上条の拳が入った。

「一体何が起こっていやがるんだよ」

「……っ」

相当な力だったようで、高円寺の巨体が傾ぎ、端整な彼の眉は痛みに顰められたものの、いつものように『なにしやがる』と彼が上条に食ってかかることはなかった。

それどころか頭を下げた高円寺に、上条が「なんだよ」と訝しげな目線を向ける。

「申し訳ない」

「ストーカー被害に遭っていたことがわかっていたんだ。護衛をつけるべきだった」

「馬鹿か、てめえは。ストーカーしてた学生は死んでるんだ。今更護衛はねえだろうよ」

悪態をついているような口調ではあったが、内容は高円寺にいらぬ気を遣うな、という思いやり溢れるものだった。

「動揺するにもほどがあるぜ」

蒼白な顔のまま、にや、と笑った上条がまた、高円寺の肩の辺りを拳で殴る。

「おっしゃるとおり」

返す高円寺の顔も真っ青で、笑おうとした頬は痙攣していた。愛する相手の危機的状況に動揺するお互いを、お互いで励まし合う。神津は、そして遠宮は無事なのか、何より気になるそのことを確かめる手段がないことに焦燥《しょうそう》を覚えるお互いを、落ち着け、と諌《いさ》め合う。

「検問の範囲を広げるか」

高円寺が無線機に歩み寄りマイクを手に取ったそのとき、彼を見守っていた上条の携帯が着信に震えた。

「……誰だ？」

「どうした」

上条の訝しげな声に高円寺が反応し、彼に駆け寄ってゆく。

「非通知だ」

上条が高円寺にディスプレイを見せる。お互いの目の中に、もしや、という閃《ひらめ》きを見出した直後、上条は応対に出た。

「上条だ」

『上条秀臣か』

あきらかに音声を変えていることがわかるキンキンした声が電話の向こうから響いてくる。

上条の近くにいた高円寺の耳にもはっきりとその声は聞こえた。

「ああ、そうだが、あんた、誰だ？」

上条が高円寺を見つめながらゆっくりした口調で電話の主に問いかける。

『あんたを殺したいほど憎んでいる相手だよ』

そう言い、高らかに笑うキンキン声が電話から響いてくる。狂ったように笑い続ける高い声の主が果たして神津と遠宮をさらったのか——上条と高円寺は緊張で強張《こわば》る顔を見合わせながら、狂気を孕《はら》んだその声に耳を傾けていた。

5

時刻はその日の昼間、新宿西署での捜査会議終了後まで遡《さかのぼ》る。

刑事たちに解散を宣言したあと遠宮は新人刑事の山下を伴い、神津のもとへと向かっていた。

「尾行、ですか」

会議の席で遠宮は、神津にもう一度事情を聞きに行くと言っていたにもかかわらず、彼を尾行すると言い出したのに、山下が驚きの声を上げた。

「不満か」

「いえ、別に……」

山下は言葉を濁したが、彼の顔には不審そうな表情がありありと浮かんでいる。

遠宮と山下、年齢はそうかわらない。遠宮はキャリアであるため、弱冠《じゃっかん》二十六歳にして課長職についており、山下は大卒ではあるがノンキャリアであるため未だ巡査部長に過ぎない。年は近いが立場が天と地ほどに違うため、山下は遠宮の前では畏縮しほとんど自分の意見を口にすることはない。

だが単純な性格ゆえ、思ったことがすぐに顔に出る彼を遠宮はじろりと睨むと、

「いいか？」

と神津を尾行する理由を説明し始めた。

「今のところ近石殺害の動機と関連がありそうなのは、神津雅俊へのストーカー行為だけだ。そこまではわかるか」

「はあ……」

山下は頷いたものの、彼もまたおおかたの遠宮の部下と同じく、事件とストーカー行為はかかわりがないと思っているようで、答える声はおざなりだった。

「他に突破口がないんだ。突っ込んで調べるべきだろう。本当に関係がないことがわかれば他の面に目を向ける。可能性を一つずつ潰していくしか方法はないんだ」

「……そうですね」

わかりました、と山下は返事をしたものの、彼からは少しもやる気が感じられない。まったく最近の若い者は、と自分も若者であるにもかかわらず遠宮が心の中で舌打ちしたそのとき、研究室のある建物から神津が出てきた。

「行くぞ」

遠宮はほとんど現場に出たことはない。が、何事も器用にこなす彼らしく、訓練を積んでいるはずの山下より尾行は上手かった。

「駅へと向かっているようですね」

「家に帰るんだろう」

数メートル距離を置き、神津のあとをつける。神津が気づいた様子はなく、一定の歩調で駅へと向かうと、定期で改札を抜け電車に乗った。

遠宮と山下も彼に続き、隣の車両に乗り込む。

「家はどこでしたっけ」

「目黒だ」

神津は地下鉄を乗り換え、自宅の最寄り駅へと向かっているようだった。彼が家に戻ったあと張り込むか否かを迷いつつ、遠宮も彼のあとに続く。

実際、この尾行に意味があるとは遠宮自身もあまり思ってはいなかった。神津の人となりを直接知っているわけではないが、少なくとも殺人事件に関与するような人物ではないと理解している。

彼や彼の知人が近石殺害に手を下したとは少しも思っていなかったが、事件とのかかわりは多少なりともあるのではないか、というのが遠宮の読みだった。

どんなかかわりかといえば、例のストーカー被害である。自分がストーキングされていたことにまるで気づかなかったと言った神津の言葉を、遠宮はどうにも信じることができないのだった。

というのも、遠宮もかつて、警察学校の教官からストーカーじみた行為を受けたことがあっためである。視姦《しかん》とでもいうのだろうか、日々、いやらしい視線がまとわりつくのを彼は肌で感じていた。遠宮をストーキングしていた教官も、実際遠宮にアプローチしてくることはなかったのだが、常に誰かに見られていることへの不快さに耐えかね犯人捜しを試みることにした。

当時から幹部候補といわれていた彼からの訴えに警察学校総出で捜したため、ストーカーはすぐに誰と知れたのだが、実はこの男だったと学長に知らされたとき、遠宮はやっぱり、と思ったものである。

実際ストーカー被害に遭っていたとしたら、視線を感じないわけがないというのが遠宮の持論であったのだが、自分がストーカー被害に遭った話を引き合いに出すのはさすがに躊躇われ、主張ができないでいたのだった。

もし本当に近石の視線に気づかなかったというのなら、神津は余程の鈍感な男だということになろうが、事情聴取に来た彼はとてもそうは見えなかった。

確かに、ストーカー行為を受けていたことには心底驚いているようには見えたが、状況を考えれば不自然である上に、彼は確実に何かを隠していた。

その『何か』を高円寺は嫌がらせのメールであると決めつけたが、決めつけは危険ではないかと遠宮は思い、それで神津を探ることにしたのだった。

「なんか真っ直ぐ家に帰るみたいじゃないですか」

隣を歩く山下が不満そうな声を上げる。彼もまた高円寺と同意見か、と思うと苛立ちが募り、遠宮は返事もせずじっと数メートル先を歩く神津の背を見つめた。

自分でも冷静さを欠いているという自覚はある。高円寺が神津をあれほど庇わなければ、こうして尾行しようというところまでには至らなかったかもしれないという思いはあった。

だが決してそれだけではないのだ、と遠宮は心の中で呟いた。確かに意地になっている部分はあるが、自分にも備わっているであろう『刑事の勘』が何かあると告げていた。

それがなんだかわかれば苦労はないのだが、と思いつつ、神津が曲がった路地を遠宮も山下と共に曲がる。

「振り返られたら気づかれますね」

閑静な住宅街には人通りも車通りもなく、山下が囁くとおり神津と自分たちを遮る人影や物陰はない。

「もう少し距離をとるか」

このままだと神津は間違いなく家に——上条宅に真っ直ぐ戻りそうである。そう見失うことはあるまいと神津が山下に囁き返したとき、背後から物凄い勢いで近づいてくる車のエンジン音が響いてきた。

「危ねえなあ」

狭い路地だというのに、時速六十キロ以上出ていると思われる車が遠宮と山下の横を走り抜けていく。ぎょっとした山下が路肩へとよけ悪態をついた次の瞬間、前方で同じように車の気配を察し路肩に避けた神津の行く手を塞ぐようにし、黒いそのバンは停《と》まった。

「なに？」

わらわらと車から男たちが飛び出し、神津を取り囲む。尋常ではない気配を察し、遠宮は大声を上げ駆け出した。

「何をしている！」

そのときには既に男たちは神津を抱えバンへと押し込んでいた。

「待て！　警察だ！」

今日に限って拳銃を持っていないことに舌打ちしつつ、遠宮が更に大きな声を張り上げる。と、男たちが顔を見合わせたと同時に、大慌てでバンに乗り込もうとした。

「待てと言っているだろう！」

遠宮がバンに追いつく直前後部座席のドアが閉まったため、一人遅れて助手席に乗り込もうとした男の肩を遠宮が摑んだ。男が遠宮の手を振り払い強引に車に乗ろうとする。男たちは皆帽子を被りサングラスをかけていたのだが、遠宮が男を逃すまいと払われた手でまた男の肩を摑もうとしたのに、勢いあまってその手が男のサングラスを吹き飛ばした。

「あっ」

男が慌てた声を上げ、遠宮を睨む。

「警察だ。拉致監禁の現行犯で逮捕する」

凛《りん》と響く声で遠宮が宣言し、男の腕を摑もうとしたそのとき、男の右手が遠宮の鳩尾《みずおち》に綺麗に入った。

「……うっ」

不意を突かれた遠宮がその場に崩れ落ちるのに、

「課長！」

ようやく追いついた山下が彼の名を呼び、駆け寄ろうとする。と、バンの後部シートが開き、飛び出してきた数名の男が彼を取り囲んだ。

「どうする？」

サングラスをかけた男たちが、遠宮を気絶させた男を振り返る。

「三人は無理だ。殺さない程度に殴れ」

どうやらリーダー格らしいその男が車に乗り込みながら命じたのに、男たちの中の一人が手にしていた角材を山下に向かって振り下ろした。

「うっ」

抵抗する間もなく崩れ落ちる山下を二、三発角材で殴って気絶させると男たちは再びバンへと乗り込んだのだが、そのときには遠宮も後部シートに押し込まれていた。

急発進するバンのエンジン音が辺りに響き渡ったが、閑静な住宅街ゆえ人通りも車通りもなく、家の中でうるさいな、と思われる程度で終わってしまった。

おかげで重傷を負い気を失っていた山下刑事の発見は、それから十分後に帰宅途中のサラリーマンが通りかかるまでなされず、バンのナンバーなどの目撃情報も得ることができないという憂き目に遭うことになった。


そして時は今に戻る。

『上条秀臣か』

あきらかに音声を変えていると思われるキンキン声が携帯から響いた。

「ああ、そうだがあんた、誰だ？」

声に緊張を滲ませながら、上条がゆっくり応対する。

『あんたを殺したいほど憎んでいる相手だよ』

キンキン声の主はそう言うと、狂ったように笑い始めた。

「……誰だ？」

甲高い男の声は、上条の近くにいる高円寺にも充分聞こえるほどに大きかった。

「…………」

高円寺が低い声で問うたのに、上条は、わからない、と首を横に振ったあと、またもゆっくりした口調で笑い続けている男に話しかけた。

「用件はなんだ？　何か用があるから電話してきたんだろう？」

『当たり前だ。だが用件については、心当たりがあるんじゃないのか？』

酷く癇《かん》に障《さわ》るキンキンした笑い声は収まったものの、電話の向こうの声には上条に対する明確な悪意が感じられる、と思いながら高円寺は、青い顔のまま電話を握り直した友をじっと見やった。

「……用件はなんだ」

上条が同じ言葉を繰り返す。おそらく電話の主は神津と遠宮を連れ去った人物かと思われるが、まったくの悪戯という可能性も捨てきれない。そうだった場合、世に誘拐事件が知れ渡ることになるため、上条は辛抱強く相手から用件を聞き出そうとしていたのだった。

『わからないのなら教えてあげよう』

電話の声が一層芝居がかり、キンキン声がより高くなる。不快感しか覚えないその声を、高円寺も上条の傍らで一言も聞き漏らすまいと聞き耳を立てていた。

『あんたの大事な人を預かっている』

キンキン声がそう言い、上条の出方を待つように黙る。

「………」

上条もまた相手の出方を見ようと黙り込んだため、沈黙のときが数秒流れた。

『驚かないな。ああ、余計なオマケがついてきたから、既に知っているのかな？』

先に口を開いたのは電話の主だった。それでも上条が何も言わずにいると彼——だか彼女だかはわからないが——は、明らかに上条を挑発するような口調で喋り続けた。

『あんたの恋人だよ。神津雅俊。R大学の瀬戸研究室勤務だそうだな。男にしておくのは勿体《もったい》ないような美人じゃないか』

「……変な真似しやがったら、ただじゃおかねえぞ」

挑発されていることはわかっていたものの、釘を刺さずにはいられず上条がそう告げたのに、電話の向こうでキンキン声がまた狂ったように笑い始めた。

『皆が皆、自分と同じ変態だと思わないことだな。いくら美人でも男に興味はないよ』

げらげらと笑っている相手は男だ、と上条と高円寺は顔を見合わせ頷き合った。そのまま暫く二人は耳障《みみざわ》りな笑い声にじっと耳を澄ませていたのだが、やがて笑い飽きた男が声をかけてきた。

『おい、聞いているのか？　変態』

「ああ、聞いている。彼は無事なのか」

揶揄してくる男に、上条がまずはそれを確認せねばと問いかける。

『ああ、無事だよ。大切な人質だからね』

キンキン声は実に楽しそうに上条に答え、くくくと喉《のど》の奥を鳴らして笑った。

「声を聞かせてほしい。もう一人の人質もだ」

『それはできないな』

さも当然のように拒絶した男に、それまで努めて冷静たろうとしていた上条もつい声を荒立ててしまった。

「できないっていうのはどういうことだ！　本当に無事なのか？」

『興奮するなよ』

男がまた、いかにも楽しげにげらげらと笑う。

『二人の人質は無事だ。彼らを無事に帰してほしいだろ？』

「当たり前だ」

いよいよ交渉かと上条が緊張する横では、高円寺も身を乗り出し上条の携帯に耳を近づけた。

『それなら俺の言うことに逆らうな。すべては俺が決める』

「……本当にお前が二人を誘拐したのか」

声も聞けないのでは、その場に神津と遠宮がいるか否かもわからない。そのくらいの確認はさせろと言いたい上条の意思は相手に通じたらしい。

『信用できないのなら電話を切ればいいさ』

通じて尚、拒絶する相手に上条はまたも声を荒立てかけたが、興奮しては負けだと上げかけた怒声を飲み込んだ。

「……要求はなんだ」

努めて落ち着いた声を出した上条を、電話の向こうの男がまた挑発する。

『信用してくれたってわけだな』

「ああ、信用した。だからお前の要求を聞かせてくれ」

『「お前」？　本当にお前は偉そうだな。自分の立場がわかってないんじゃないか？』

キンキン声の主が居丈高《いたけだか》に叫ぶ。揶揄しているというよりは本気でむっとしているような口調に、上条は違和感を覚えつつも、機嫌を損ねて電話を切られでもしては大変と「悪かった」と素直に詫びた。

『わかればいいよ』

男の機嫌はすぐに直ったようだ。絶対的優位にいるという自覚のせいだろうと上条は唇を噛む。

『さて、俺はお前に何を要求すると思う？』

男が調子に乗り、笑いながら尋ねてくる。知るか、馬鹿野郎と怒鳴りつけたい気持ちをぐっと抑え、上条は世の誘拐犯が要求する最もポピュラーなものをまず挙げた。

「金か？」

『金だと？』

電話の向こうでキンキン声が耳障りな笑い声を上げる。

『なんて貧困な想像力だ。本気で金だと思ったのか？　生憎《あいにく》だったな。俺が欲しいのは金じゃない』

「じゃあなんだ」

反射的に答えてしまったあと、上条はしまったと口を閉ざした。口の利き方に気をつけろと注意されたばかりであるのに、気が急《せ》いてしまいついぞんざいな口調になっていた。

だが今回は運良く男の神経には障らなかったようで、会話が中断されることはなかった。

『さあてね。なんだと思う？』

揶揄する口調もいやらしいキンキン声の主を、わかるか、と怒鳴りつけたい気持ちを上条は必死に抑え込む。

「なんだ」

問いかけながら上条は、実際男が求めているものはなんなのだろうと頭を巡らせていた。金でなければ仕事絡みだろう。今現在追いかけているのは企業の粉飾《ふんしょく》決算だった。まさか捜査を中断しろということかと思ったが、まだ内々に動いているため当該の社の人間は誰も気づいていないはずである。それに脅迫するのなら責任者クラスの人間でないと、自分ごときが『やめよう』と言ったところで一度動き出した捜査が中断されることなどあり得ない。

そうなると私怨ということになるが——そこまで考えたところで上条の頭に「もしや」とい

う思いが浮かんだ。

電話の男は最初に『あんたを殺したいほど憎んでいる相手だ』と言った。もしや彼は警察に、そしてマスコミに届いた脅迫状の送り主では、と閃いた上条の口が動く。

「もしかして……要求は俺の命か」

『ようやくわかったか』

次の瞬間、キンキン声の爆笑が、上条の手にしていた携帯から刑事部屋にこれでもかというほどに響き渡った。

『随分察しが悪いじゃないか。それでも敏腕検事といわれてるんだからな。東京地検も甘いよ』

「…………」

箍《たが》が外れたように笑い続ける男の声を聞く上条の額にはびっしりと汗が浮いていた。上条に顔を寄せる高円寺の額も汗で濡れている。

おおよそマスコミや警察に送りつけられてくる『殺人予告』は悪戯、もしくは嫌がらせであることが多い。だが今回はそのために誘拐まで——それも警察官まで巻き添えにして——行っている。これは本気だ、と二人が身構えたのも無理のない話だった。

心当たりはあるか、と高円寺が目で問うたのに、いや、と上条が首を横に振る。キンキンと響く男の狂ったような笑い声を聞きながら目を見交わしていた二人は、

『どうした、黙り込んで』

笑い疲れたのか、問いかけてきた電話の声に同時にはっとなった。

「で、どうすればいい？」

上条が電話を握り直し、問いかける。

『そうだな、また連絡するよ。俺もお前の殺し方をじっくり考えたいからな』

男が電話を切ろうとしている気配を察し、上条が思わず問いかける。

「お前は誰だ！　どうして俺の命を狙う？」

と、また電話の向こうから、耳障りな笑い声が響いてきた。

『胸に手を当ててゆっくり考えろ！　お前は殺されるに相応《ふさわ》しいことをしたんだからな』

げらげらと笑いながら男が言う。

「どういう意味だ？」

上条が笑い声に負けじと大声で問いかけたそのとき、ぷつりと電話が切れた。

「もしもし？　おい、もしもし？」

必死で電話に呼びかける上条の耳に、ツーツーという発信音が空しく響く。

「……どういうことだ……？」

額の汗を拭《ぬぐ》いながら高円寺が問うのに、

「知るかよ」

いつものように悪態で答えた上条もまた、手の甲で額の汗を拭った。

「心当たりは？」

「……本気でわからねえ。俺はどこで恨みを買ったんだ？」

上条が高円寺に問いかける。彼らしくない縋《すが》るような目つきに高円寺は一瞬絶句したが、すぐに我に返ると、上条の背をどついた。

「なんだよ」

「ひーちゃんに心当たりがねえっつうなら逆恨みだろ。それより電話の主、声は変えてたが喋り方に覚えはねえか？」

「…………………」

上条がじっと考え込む。

「……録音すりゃよかったな」

まあ、そんなヒマはなかったが、と溜め息をつく高円寺に、「ああ」と頷いたものの、上条はじっと考え続けていた。

「もしかして、心当たりあるってか？」

高円寺が問いかけるのに、上条は「いや」と眉を顰め首を横に振る。

「わからねえ……だが、何かこう、ひっかかるんだよ」

「……なんだろう」

高円寺も同じように眉を顰め考える素振りをしたが、すぐに、

「わからねえ」

と首を横に振った。

「俺にはどうもひっかかるモンがねえぜ」

「……そうか」

いつもであれば「あきらめが早すぎる」系のツッコミを入れる上条も、今日はその余裕がないようで、難しい顔をして尚も考え込んでいる。

「手がかりはバンしかねえ。不審なバンの目撃情報を集めるんだ」

高円寺が声を張り上げるのに、室内にいた刑事たちが口々に「わかりました」「いってきます」と叫びながら部屋を飛び出してゆく。

「……えらい聞きづらかったが、何か居場所のヒントになるような音は聞こえなかったよな」

じっと考え込む上条に高円寺が確認のため問いかける。

「ああ、汽笛が聞こえただの、チャイムが聞こえただの、そんな都合よくいくのは二時間サスペンスの中くらいだろう」

悪態交じりに答える上条に、

「そりゃそうだ」

高円寺が笑って答えたが、二人の目は真剣だった。

「くそ、一体どこにいやがるんだ」

上条が低く唸り、拳を近くの机に打ちつける。

やはりいつもであれば「署の備品を壊すな」系の茶々を入れる高円寺も今回は何も言わず、痛ましそうな顔で上条を見つめていたが、すぐ「そうだ」と何かを思いついた声を上げた。

「警察とマスコミ各社に届いた脅迫状の消印、その近辺を調べてみよう」

「ああ、一カ所くらい本当に自分の家の近所から出したかもしれないしな」

上条が頷いたと同時に、高円寺が本庁に連絡を入れ始める。自分は何もできず、ただ手をこまねいて見ているだけという今の状況は、上条にとって辛すぎた。

闇雲に動き回るよりは、自分が命を狙われている、その原因を解明するのが犯人を絞り込む一番の近道だと思うのだが、まるで思い当たる節がないのだ、と上条はまた近くの机に拳を打ち込んだあと、おもむろに高円寺を振り返った。

「おい、紙とペン、ねえか」

「紙?」

問い返しながらも高円寺がノートとボールペンを自席——は汚すぎたので、新人の山下の机の上から取り上げ、上条に渡す。

「どうすんだよ」

「会話の内容を書き出してみようと思ってな」

言いながら上条はノートを開き、思い出すままに電話の主に言われたことを羅列し始めた。

「何にひっかかったのか、調べようってのか」

なるほど、と高円寺が唸りながら上条の手元を覗き込む。

「何かがひっかかったんだよ。なんだったか……くそう、思い出せねえ」

「焦るなよ。最初からいこう」

苛立つ上条を宥《なだ》め、高円寺が己の記憶の糸をたぐり始めた。

「……上条か、と名前を聞いたよな」

「ああ、で、『あんたを殺したいほど憎んでる相手だ』と言った」

上条もまた記憶の糸をたぐり、思い出した言葉をノートに綴《つづ》る。

「それから？　神津さんを預かったと言ったんだったか」

「……確かそうだ。で、俺が変な真似をしたらただじゃおかねえと言ったら、皆が自分と同じ変態だと思うなと返された」

「それか？　変態に、かちんときたとか？」

高円寺の問いに上条は少し考えたあと、

「いや」

と首を横に振った。

「そのときじゃねえ……なんだったかな」

「そのあと、何が欲しいのかっつう交渉に入ったんだよな」

それならその先か、と高円寺が会話を思い出そうとする。

「金か、ってヒデが聞いたのに、金じゃねえと答えた」

「……いやその前に奴がむっとしたんだ」

上条もまた目を閉じ、意識を集中させつつ思い出した言葉を口にする。

「なんだったか……俺の口の利き方が気に入らねえ、というようなことだった」

「『お前』って言ったのに切れたんじゃなかったか？」

意外に記憶力のいい高円寺が思い出したのに、「そうだったな」と上条は頷いたが、表情は曇っていた。

「……俺が奴に謝った、奴は機嫌を直した……その辺かな」

「何が気になったんだ？　『お前』か？」

「いや、違う。違うがなんとなく……」

ううん、と上条は唸ると、言葉の一つ一つを思い出そうと目を閉じる。

「……奴が切れたのに、この程度で切れるのか、と思ったんだったか……なんとなく、こう違和感があったような……」

「……うーん」

わからねえな、と高円寺もまた唸り、上条と二人じっとノートを前に考え込む。

「……しかしわからねえな」

暫くじっと考えたあと、高円寺がぽつりと呟いたのに、上条が顔を上げた。

「何が？」

「殺したいほど憎いって気持ちがよ」

「……まあ、どうなんだろうな。人それぞれってことじゃねえの？　それこそ人混みでちょっと肩がぶつかったくれえで人殺しをする野郎はいるんだし」

高円寺の疑問を上条はあっさりと片付けようとしたのだが、高円寺はなかなか引かなかった。

「でもよ、ヒデ、おめえを殺すために人手使って神津さんを拉致してんだぜ？　しかもタローも一緒にだ。ここまで大がかりなことをやるには行き当たりばったりじゃできねえ。前々から計画があったと考えるほうが妥当だろう」

「……言われてみりゃそのとおりだな……」

上条も頷き、腕を組んでじっと考え込む。そうして二人暫く頭を付き合わせて考えていたが、やがて上条が大きく溜め息をついた。

「駄目だ。何も思いつかねえ」

「……そうか」

高円寺も残念そうに溜め息をついたが、自分以上に残念に思っていることを見越し上条の背をどやしつけた。

「ゆっくり考えようぜ。そうだ、もう一度家に帰ってみたらどうだ？　家のほうにも犯人から何か連絡が入ってるかもしれねえ。俺も付き合うぜ」

刑事たちは皆外に出払い、聞き込みの最中のようで連絡はまだない。この場でじっと連絡を待つよりも何か行動をしていたいという高円寺もまた、愛する人の処遇に居ても立っても居られないほどの焦燥を感じていた。

「そうだな」

上条にもそれがわかったのだろう、高円寺の背をどつき返し微笑んだが、彼の端整な顔は引き攣っていた。

「ちょっと出てくる。一時間ほどで戻るから、何かあったら携帯鳴らしてくれ」

「わかりました」

残っていた若手に声をかけ、高円寺が「行こう」と上条を促し部屋を出る。

「本当に一体誰なんだ」

ぼそりと呟く上条を肩越しに振り返り見やった高円寺が、内ポケットから携帯を取り出しかけ始めた。

「おう、俺だ」

すぐに応対に出た相手に声をかけた彼に、上条は後ろから駆け寄り顔を覗き込むと、口で『中津か？』と問いかけた。高円寺がそうだ、と頷いてみせる。

『なんだ、どうした？』

「これからすぐ出てこれるか？　ヒデんちだ」

高円寺は多くを語らなかったが、勘のいい中津は何かあると察したらしい。

『わかった。三十分後には着くと思う』

用件も問わずにそう言うと『それじゃあ』と電話を切った。

「三人寄れば文殊《もんじゅ》の知恵か？」

上条がまた、引き攣った笑いを浮かべてそう言うのに、

「おうよ……とはいえあいつ一人で三人分の知恵っつう噂もあるけどな」

高円寺は答え、片目を瞑ってみせた。

「おい、俺はコンマ5くらいは提供できるぜ。ゼロはおめえだろ？」

「俺だってコンマ3くれえは知恵出してやらあ」

二人の間でそれまですっかり影を潜めていた軽口が、ようやくそれぞれの口に上り始めたのは、中津という信頼できる友が駆けつけてくれる、その影響に違いなかった。

「大丈夫だ」

高円寺が頷き、上条の背をどつく。

「お前もな」

上条もまた高円寺の背をどつき返し笑ったが、彼の頬はもう引き攣ってはいなかった。

「急ごう。中津のほうが先に着いちゃシャレにならねえ」

「おう」

二人廊下を駆け出す動きにもいつもの俊敏さが戻ってきている。目に見えない敵から愛する人を救い出してみせる——その思いも等しい二人の友が肩を並べて走る間、彼らの『愛する人』もまた二人肩を寄せ、我が身に降りかかった災難と必死に闘《たたか》っていた。

6

「ん……」

物凄《ものすご》い頭痛と吐き気とともに目覚めた神津《こうづ》は、起き上がろうとして身体の自由が利かないことにぎょっとし、続いてすぐ近くに自分と同じく後ろ手に縛られ倒れている男がいることにもぎょっとして周囲を見回した。

窓が一つもないがらんとした部屋である。壁も床もコンクリートの打ちっ放しになっていて、天井から裸電球が下がっているところを見ると、地下の倉庫か何かのようだと思いながら、神津は自分がこの場にいる理由を探《さぐ》るべく記憶を辿った。

いきなり背後から近づいてきた黒塗りのバンに前を塞《ふさ》がれ、何ごとだと身構えたときにはそのバンから降りてきた男たちに囲まれていた。抗《あらが》う間もなく口を布で塞がれたが、それにクロロフォルムでも含まされていたのだろう、すぐに気が遠くなり、それからあとの記憶はない。

いや、気を失う直前、『警察だ』という若い男の声を聞いたような気がする、と思いつつ神津はなんとか後ろで縛られた手を床につき、バランスを取って身体を起こすと、身を乗り出して傍《かたわ》らで倒れている男の顔を見た。

「あ！　遠宮《とおみや》さん！」

それが予測もしていなかった人物であったことに、神津が驚きの声を上げる。

「……うう……」

と、その声に目覚めたのか遠宮が呻《うめ》き声を上げながら薄く目を開き、先ほどの神津同様ぎょっとした顔になった。

「遠宮さん、大丈夫ですか」

呆然《ぼうぜん》としていた遠宮も、神津の呼びかけに我に返ったようで、身体を捩《よじ》って彼のほうへと視線を向ける。

「神津さん、大丈夫ですか？」

「……はい、多分……」

遠宮の顔色は悪く、額には脂汗《あぶらあせ》が浮いていた。彼自身がとても『大丈夫』という状態ではないように見えたにもかかわらず、自分に無事を問うてきた彼に神津は戸惑いながらも頷《うなず》いてみせた。

「遠宮さんこそ、大丈夫ですか」

「私は大丈夫です」

逆にそう問いかけると、遠宮は憮然《ぶぜん》とした表情になり蒼白《そうはく》な顔のまま頷いてみせる。それでも眉《まゆ》を顰《ひそ》めているのは、痛みを堪《こら》えているのではないかと思うのだが、警察官としての自覚ゆえなのか、はたまたこうして拉致《らち》される原因となった自分に身を案じられるのが不快なのかはわからない。

どちらにしろ、彼にはあまり印象がよくないようだ、とかつての事情聴取——という名の取り調べだったような気がするが——を思い出し、神津は密《ひそ》かに溜《た》め息《いき》をついた。

それにしてもここはどこなのだろう。そして自分は何者に拉致されたのだろうと、神津はまたもぐるりと周囲を見回したのだが、「神津さん」と遠宮に名を呼ばれ、彼を振り返った。

「はい？」

「あなたを拉致した男たちの顔を見ましたか？　彼らが誰だか心当たりはありますか？」

遠宮もまたなんとか自力で身体を起こしていた。厳しい表情で問いかけてくる彼に、なんの答えも返せないことを申し訳なく思いつつ、神津は首を横に振った。

「すみません。すぐにクロロフォルムか何かを嗅《か》がされたので、誰の顔も見ていないのです」

「それでは心当たりは？」

即問いを重ねる遠宮に、神津はまたも首を横に振る。

「まるでありません」

「脅迫メールが来ていたそうじゃないですか。その相手ではないですか？」

「……違うような気がします」

確かに脅迫メールは来続けていた。が、文面は相変わらず『大学を辞めろ』の一言で、こうして拉致されるような緊迫感は感じられなかった。

「それなら他に何か心当たりは」

遠宮が厳しい顔のまま、問いを重ねてくる。

「……わかりません。正直まったく心当たりはありません」

「例の殺された学生絡みじゃないですか？」

「え？」

問われるままに答えていた神津だったが、遠宮のこの問いで初めて彼がこの場にいる理由を察した。

「……もしかして遠宮さん、僕を尾行していたのですか」

そうでなければ遠宮があの場に――自分の家の近所に居合わせるわけもない。そして尾行をしていたということは、自分が近石《ちかいし》殺害事件に関与していると疑っているのではないか――一瞬にして気づいた神津が固い声で問いかけたのに、さすがの遠宮もバツの悪そうな顔をしたが、すぐにつんとすましてこう言い捨てた。

「少しお話を伺いたかったもので」

面と向かって『尾行していたのか』と問うたのに怯《ひる》むことも謝罪や言い訳をするでもなく、再び厳しい表情に戻りそう告げるあたり、聞きしに勝る女王ぶりだと思った途端、神津の気持ちの中で憤りは消えていき、堪《たま》らず噴き出しそうにすらなっていた。

「……なんでもお話ししますが、実際近石君殺害についても何も心当たりはありませんし、今の状況にもまったく心当たりはないんですが」

これで神津が本当に噴き出そうものなら、遠宮は烈火のごとく怒るだろう。ますます女王ぶりに磨《みが》きがかかることになろうが、それを楽しむほど人が悪くない神津が真面目に答えたのに、遠宮は暫《しばら》くじっと彼の顔を見つめたあと、ふいと目線を逸《そ》らした。

「別にあなたを犯人と疑っていたわけではありません」

ぼそりとそんなことを言い出したのは、尾行したことに対する彼なりの詫《わ》びなのだろうかと思いつつ、神津は気にしていないということを示そうと笑顔を浮かべる。

と、そのときいきなり部屋のドアが開いたのに、神津も、そして遠宮もぎょっとし身体を捻《ひね》ってそのほうを見やった。

「なんだ、二人して目が覚めてたのか」

ドアを開き部屋に入ってきたのは、背の高い男だった。見たところ年齢は三十五、六。黒いタートルネックにジーンズを着用している。前髪が乱れて額に落ちているが、敢《あ》えて乱しているように見えるのは、身のこなしがやたらとカチッとしているからかもしれない。

顔立ちは整っている部類には入るが、目つきは悪い。一体誰なのだ、と神津はカツカツと靴音を鳴らして近づいてくる男の顔を見上げた。

「貴様、誰だ」

横で遠宮が男に厳しく名を問うたのに、男の視線が遠宮へと移った。

「これは新宿西署《しんじゅくにししょ》の遠宮刑事課長。まさか課長まで誘拐することになろうとは思わなかったですよ」

手帳を見たんですがね、と笑う男の口調は揶揄《やゆ》していることがありありとわかる。遠宮の頬《ほお》がみるみる紅潮していくのを神津ははらはらしながら見つめていた。

「お前は誰だと聞いているんだ！　私たちを拉致した目的は？　答えろ！」

「そうキャンキャン吠えないでくださいよ、遠宮課長」

男が額にかかる前髪をかき上げながら、遠宮に近づいてゆく。

「さっきから頭痛が酷《ひど》くてね。あんたのキンキン声が頭に響くんだよ」

「ふざけるな！」

男が不機嫌そうにそう言うのに、遠宮が怒鳴り返す。次の瞬間男の蹴りが遠宮の肩に入り彼の身体が吹っ飛んだのに、神津はぎょっとし息を呑《の》んだ。

「うるさいと言ってるだろう」

ドスっという音からして、かなりの力で蹴られたものだと傍目《はため》にもわかった上に、倒れた遠宮が動く気配がないのを案じ、神津は自由にならない身体を捩って、背を向けている彼の顔を覗き込もうとした。

「遠宮さん、大丈夫ですか」

「神津さん、あんたも同じ目に遭《あ》いたくなきゃ、大人しくしてることだ」

叫ぶようにして遠宮の名を呼んだ神津は、すぐ後ろに男の気配を察し、自分も蹴られるのかと身を竦《すく》めた。が、いつまで待っても男の蹴りも拳《こぶし》も飛んでこなかったため、おずおずと神津は肩越しに振り返り男の顔を見上げた。

「…………」

男もまた無言で神津をじっと見下ろしていた。穴の空くほどという比喩《ひゆ》があるが、まさにそんな感じだと思いながらも、神津は必死でこの男とどこかで会ったことはなかったかと記憶の糸を辿った。

いくら思い出そうとしても、初めて見る顔である。だが『神津さん』と呼んでいたところを見ると、男のほうでは自分のことを知っているようである。

一体誰なのだ、と神津が男の視線に居心地の悪さを感じつつもじっと見返していると、

「ふん」

男が鼻を鳴らし、神津から目線を逸らせた。

「確かに美人だが、男じゃないか」

吐き捨てるように男がそう告げたのに、意味がわからず神津は眉を顰めたが、男はそのまま彼に背を向け部屋を出ていってしまった。

唐突な男の登場、そして退室を神津は呆然として見守っていたが、ドアが閉まったと同時に

我に返ると、遠宮は大丈夫かと慌てて彼に向き直り、名を呼びかけた。

「遠宮さん、大丈夫ですか？」

「大丈夫だ」

苦しげに呻きながらも遠宮が身体を起こす。

「怪我《けが》は？」

相当辛そうに顔を歪《ゆが》めている遠宮の様子に、心配のあまり神津が身を乗り出して問いかけたのに、

「そんなことより、あの男が誰か、わかりますか？」

遠宮もまた神津に身を乗り出し、絞り出すような声で尋ねてきた。

「まったくわかりません。初対面だと思います」

「そんな馬鹿な」

神津の答えに遠宮が信じがたいと言いたげな大声を上げる。

「本当に面識がないとしか思えないのです」

信用してもらえないのか、と一抹の寂しさを覚えつつ、神津が告げたのに、

「すみません、言葉のあやです。神津さんを疑っているわけではありません」

遠宮はバツの悪そうな顔で神津に非礼を詫びたあと、自分の抱く疑問を話し始めた。

「今回の誘拐、目的は一体なんなのでしょう。私はてっきりストーカー学生殺害との関連があ

ると思っていたのですが、もしかしたら別方面かもしれませんね」

「…………」

神津もまた、男の目的を考えるが、やはり可能性は一つとして思いつかなかった。

「あの男、最後に何か言ってませんでしたか？」

じっと考え込んでいた神津に、遠宮がふと思いついたように問いを発する。

「言ってました。『美人だが男じゃないか』とかなんとか」

『美人』などと自分で言うのは恥ずかしいが、正確に伝えたほうがいいだろうと神津はそう言い、改めて男の言葉を思い出した。

「『確かに美人だが』だったかも」

「『確かに美人だが、男じゃないか』……」

遠宮が神津の告げた言葉を繰り返す。唇を引き結び考え込んでいる顔は端整で、『美人』というのは彼のような男を言うのだろうと思いながら、男に他に何を言われたかを神津は考えていたのだったが、遠宮がぼそりと告げた言葉にはっとし顔を上げた。

「上条《かみじょう》さん絡みかもしれませんね」

「……え……」

「あなたが上条さんの恋人だから、誘拐したのかもしれない。上条さんに何かを要求するために」

「……そんな……秀臣《ひでおみ》さんに一体何が……」

自らも危機の真《ま》っ只中《ただなか》にいながら、最愛の男が何ごとかに巻き込まれていることを案ずる神津の脳裏には、その最愛の男の顔が――上条の顔が浮かんでいた。


ちょうどその頃、上条と高円寺《こうえんじ》は高円寺の運転する覆面《ふくめん》パトカーで上条の家へと到着したところだった。ドアの前で佇《たたず》んでいた中津《なかつ》が二人を見つけて駆け寄ってくる。

「お、悪《わり》ぃ」

詫びた上条に、中津が笑顔で首を横に振る。

「いや、今来たところだ」

本人はそう言っていたが、電話を切ってからすぐ駆けつけてきたらしく、いつもは整っている髪が乱れていた。

「どうした」

鍵を開ける上条に、中津が心配そうに問いかける。

「ヤバい出来事てんこ盛りだ」

ふざけて答えたのは高円寺だったが、口調とは裏腹の真面目な表情から中津はことの重大さを察したらしい。更に心配そうな顔になると、「あがってくれ」とドアを開いた上条が部屋に入るのに続き中へと入った。高円寺がそのあとに続く。

「神津さんは？」

ぱちぱちと自分で電気をつけ、部屋の中へと進んでいく上条の背に中津が問いかける。

「誘拐された」

「なんだって？」

前を向いたままぼそりと答えた上条に、中津が仰天《ぎょうてん》した声を上げ、前を歩く彼の肩を摑《つか》んだ。

「本当か？」

「ああ。ドッキリならよかったんだが、まだ戻ってないとなるとやはり本当らしいな」

リビングを、そして二人の寝室を、バスルームやトイレを次々と覗きながら、上条が溜め息交じりにそう言い、ようやく中津を振り返る。

「……誘拐って、いつ？」

「今夜だ。それだけじゃねえ。上条には殺人予告が届いたんだよ」

中津が問いかけた相手は上条だったが、答えたのは高円寺だった。

「殺人予告？」

ぎょっとして目を見開く中津と、青い顔のまま立ちつくす上条を「まずは座ろう」と高円寺が誘いリビングのソファを示した。

「何か飲むか」

幾分気を取り直したのか上条が二人に尋ねるのに、中津と高円寺、二人して同時に「水」と答える。

「ビールでも飲みたい気分だがな」

上条が溜め息をつきながら冷蔵庫に向かうあとを中津が追い、彼の代わりにミネラルウォーターのボトルを手にリビングへと戻ってきた。

「ひーちゃんは飲んでもいいぜ。俺が運転すっからよ」

高円寺自身も動揺激しいだろうに、同じく動揺が激しいであろう上条に気を遣い、そんなことを言い出したのに、

「阿呆。何かのときに酔っ払っててちゃ話にならねえだろ」

彼の気遣いをわかりながらも上条はいつもと同じように返し、ぎろり、と三白眼《さんぱくがん》で高円寺を睨《にら》んだ。

「……で、何がどうなっているって？」

まるで話が見えないという中津に、高円寺が「そうだよな」と相槌《あいづち》を打ち、口を開く。

「前に説明したが、R大学の学生が殺された。そのガイシャがまさとっさんをストーキングしていたもんで、タローが事情を聞きに行った……ってことらしい」

「警察は神津さんを疑ったってわけ？」

中津の問いに高円寺はとんでもない、と肩を竦めた。

「捜査方針はストーカーとは無関係の方向に向いていた。タローがまさとっさんを尾行していたことに一番驚いてるのは俺らだ」

「タローちゃんは疑ってたってことか？」

上条がじろりと高円寺を睨む。

「事情聴取のときのまさとっさんの態度に思うところはあったようだが、本気で疑ってたわけじゃねえと思うぜ」

「ちょっと待てや。まーはどういう態度だったんだ？」

上条が心配そうに眉を顰め問いかけてきたのに、高円寺はあからさまに、しまった、という顔になったあと、

「……まあ、この際仕方ねえよな」

溜め息をつくと、上条に向き直り口を開いた。

「実はまさとっさんのところに、嫌がらせのメールが届いてたんだ。事情聴取のときにそのことを隠してたもんだから、タローが不審に思っちまってよ」

「嫌がらせのメールだと？」

「ストーカー学生とは無関係だったんじゃないのか？」

上条と中津の声が重なったのに、高円寺はそれぞれに向かい「ああ」と頷くと、再び口を開

いた。

「メールの内容については研究室からリークがあってな。近石が——ああ、殺された学生だが——殺されたあとも届いているそうだ。内容はまさとっさんに『大学を辞めろ』というもので、毎回添付写真がついている」

「添付写真ってなんの？」

中津の問いに高円寺はちらと上条を見たあと、ぼそりと事実を告げた。

「前にヒデとのことが週刊誌に載ったことがあったろう。その記事をスキャンしたものだそうだ」

「なんだって？」

またも大声を上げた上条と、

「それがわかったってことは、メールが神津さんだけじゃなく、他の人間にも届いていたってことか？」

中津の声がまた重なる。

「ああ。研究室全員に届いていたそうだ。幸い担当教授がいい人でな、皆にこんな悪戯《いたずら》、一切相手にするなと徹底してくれてたもんで、表沙汰《ざた》にはならなかったらしい」

「……ストーカー被害に嫌がらせのメールか……」

痛ましげな顔で中津が呟《つぶや》いたそのとき、

「なんでだよ」

悲痛ともとれる上条の声が室内に響き渡った。

「ヒデ？」

「上条？」

どうした、と高円寺と中津が上条の顔を覗き込む。

「なんだってまーは一人で我慢しちまうんだよ。一言俺に相談してくれりゃあいいじゃねえか」

掌《てのひら》に拳を力一杯叩《たた》きつけ、やりきれなさを態度に表していた上条を前に、高円寺と中津、二人して顔を見合わせたあと、中津がまず口を開いた。

「言いづらかったんだろう。神津さんの気持ちはわかる」

「何がわかるんだよ。ストーカーだぞ？　脅迫メールだぞ？　どう考えたって普通じゃねえだろう。身の危険だって感じていたはずだ。なのになんでまーは……」

「ヒデ、落ち着けって。神津さんだって身の危険を感じてりゃ、おめえに相談したと思うぜ」

「そうだよ。ストーカー被害に遭っていたことは相手が死ぬまで気づかなかったんだとしたら、わざわざ報告しないと思う。上条があまりいい気持ちがしないだろうと案じたんだろう」

「嫌がらせのメールは？　充分危険じゃねえかよ」

二人がかりで説き伏せようとする、そのことに反発したのか上条が大きな声を上げた。

「メールのことを言わなかったのは、上条に迷惑をかけたくなかったためだと思う。週刊誌の記事が毎回添付されていたんだろう？　再び話題になることが上条のためにならないと心配した結果だろう」

「心配だの迷惑だの、まーは本気で思ってたのかよ。迷惑なわけねえじゃねえか」

「上条、落ち着けって」

またも上条が興奮して己の掌を拳で連打するのを、中津が彼の手を摑んでやめさせようとする。

「そうだぜ、ヒデ。お前だって殺人予告のことを、まさとっさんや俺らに隠してたじゃねえか。それだってまさとっさんに心配かけたくなかったからだろう？」

中津の手を振り解《ほど》こうとした上条も、高円寺にこう言われたのには、うっと言葉に詰まり黙り込んだ。

「……それとこれとは別だろう」

「一緒だろうがよ。だいたいまさとっさんはともかく、なんだって俺らにも黙ってた？　それこそ危険この上ない状況だろう」

「さっきから言ってるその『殺人予告』っていうのはなんだ？」

高円寺が真面目な顔で上条を責め立てる横から、話の見えない中津が問いを挟む。

「ああ、こいつの殺人予告が届いたんだよ。『東京地検特捜部の上条秀臣検事を殺す』って、警視庁とマスコミ各社にな。それなのにこの野郎は悪戯だろうから捨て置けと、連絡もしてこなかったんだぜ」

高円寺が恨みがましく上条を睨む横で、中津もまた「酷いじゃないか」と上条を睨んだ。

「だから悪戯だと思ったんだってばよ。心当たりもまるでねえしよ」

「アホか。心当たりがねえって時点で疑えや。悪戯なら多少の心当たりはありそうなもんだろうが」

「高円寺の言うとおりだ。上条、お前は危機管理がなってないよ」

「わかった、わかったよ」

やかましいなあ、と上条が辟易《へきえき》とした顔になるのに、

「わかってない！」

と中津がらしくなく怒声を張り上げた。

「常識で考えろ。名指しの殺人予告だぞ？　おおごとにしすぎることはないというくらい、おおごとだとなぜわからない！　人は自分の知らないところで恨みを買うことだってある。その相手がまっとうな精神状態じゃないという可能性をなぜお前は考えないんだ」

「中津……」

いつにない中津の剣幕に、激怒された当の本人の上条だけでなく、高円寺もまた気圧《けお》され呆然としてしまったのだが、大男二人が呆然と自分を見ている様子に中津がたじろいだのに我に

返り、話題をもとへと戻した。

「……まあ、ヒデ糾弾は後回しにして、いよいよ誘拐についてだ」

「誘拐なのか？」

「ああ脅迫電話があった」

頷いた高円寺の前では、上条が青い顔をして項垂《うなだ》れている。

「要求は？　金か？　どういう状況だったんだ？」

問いを重ねる中津に高円寺は、帰宅途中の神津がバンに拉致されたことと、彼を尾行していた遠宮が巻き添えを食ったこと、新人刑事が瀕死《ひんし》の重傷を負ったことを説明した。

「なんだって？　タローちゃんも一緒に誘拐されたのか？」

「おうよ。自業自得っつうかなんつうか……」

悪態をつく高円寺の顔も青い。

中津は青ざめる友人たちをいたましそうに見やったあと、表情を引き締め、きびきびとした口調で問いかけ始めた。

「脅迫電話は上条の携帯にかかってきたんだな？」

「ああ」

頷く上条に中津の問いは続く。

「携帯番号はあまり公にしないものだったが、今もそうなのか？」

中津もまた東京地検の検事であったため、当時の風習が未《いま》だ残っているかを尋ねると、

「ああ、前ほど神経質ではなくなったが、誰彼構わず教えることはねえな」

上条はそう言い、携帯電話を取り出した。

「だが携帯の番号を知っている中に犯人がいるとは限らねえだろう。調べようと思えばいくらでも手段はあるしよ」

高円寺が横から口を挟むのに「それはそうか」と中津は頷くと、今度は高円寺に向かい問いかけ始めた。

「脅迫電話の内容は？　相手は男か？　女か？」

「男だと思う。ヴォイスチェンジャーで声を変えていたからなんともいえんが『俺』と言っていた。喋《しゃべ》り方も男っぽかったように思う」

「内容は、まーを預かってるということ、要求は金ではなく俺の命だということ……そんな感じだった」

高円寺に続き上条が答えたのに、中津が、

「なんだって？」

とまた目を見開く。

「もしかしてその誘拐犯が殺人予告の送り主か？」

「おそらく。きっちり確認したわけじゃないが間違いないだろう」

頷く上条を前に、中津の顔も青ざめてゆく。

「……神津さんは……それにタローちゃんは無事なのか？」

「わからねえ。声を聞かせろと言ったが拒否された」

上条が顔を歪めて答える前では高円寺が難しい顔をして頷いている。

「……で？」

脅迫電話の内容を尋ねる中津に上条は首を横に振ってみせた。

「それだけだ。また連絡すると言って電話は切られた」

「心当たりは……あればとっくに捜査してるよな」

中津が問いかけた直後、自分で答えを察し一人頷く。

「ああ。高円寺と随分《ずいぶん》考えたが、マジで思い当たることは一つもねえんだ」

上条が溜め息交じりにそう言い、またも拳を掌に打ちつける。

「……動機が思い当たらなきゃ、電話の相手の特徴だ。何か気づいたことは？」

発想の転換とばかりに中津が問いを変えたのに、上条は「それもな」と唸《うな》ってみせた。

「何かひっかかる気はするんだが、それが何かがわからねえ」

「相手の声に……ああ、ヴォイスチェンジャーを使ってたんだったか。それじゃ口調に聞き覚えがあったとか？」

「特徴のある喋り方じゃねんだ。もしかしたら聞き覚えがあるのかもしれねえが、正直わからねえ」

　上条がもどかしげにまた、拳を掌に叩きつける。

「ひっかかったのは話の内容にか？」

　わからなければ即次、と問いを重ねる中津の様子はいかにも敏腕弁護士といわれる彼の仕事ぶりを彷彿《ほうふつ》とさせた。

「いや、内容というよりは相手の態度かな。居丈高《いたけだか》といおうか……まあ、誘拐犯はたいてい偉そうなものなのかもしれんが」

「上条を恨んでいるだの、憎んでいるだの、そういう言葉は？」

「俺を殺したいほど憎んでいる相手だと名乗ったが、理由は何も言わなかった。あ、いや、心当たりがあるだろうとだけ言ったかな」

「だが上条に心当たりはない」

「ああ。まるでねぇ」

「そうか……」

　ぽんぽんと続いた中津の問いはここで途切れた。沈黙が三人の間に流れる。

「ヒデの近辺を洗うか。最近手がけた事件の関係者とか」

　ずっと考えていた様子の高円寺が口を開いたのに、

「……いや、それよりも」

ようやく考えがまとまったのか、中津が口を開いた。

「なんだよ、中津」

「何か思い当たったのか」

高円寺と上条、二人して身を乗り出し中津の顔を覗き込む。

「……神津さんへのストーカー行為をしていた学生の近辺を洗うべきじゃないか？」

「え？」

どうしてここでストーカーが、と戸惑いの声を上げた高円寺の前で、

「そうか！」

上条が大声を上げ、身体を乗り出して中津の肩を叩いた。

「ストーカーするためにまーの一日の行動を追ってたわけじゃなかったのか」

「断定はできないが、神津さんを誘拐するために、大学の研究室に出入りできるその学生に神津さんの一日の行動を探らせた。高円寺は奇《く》しくも『レポート』と言ったが、まさに学生は依頼されて神津さんの行動『レポート』を提出していたってことじゃないか？」

「ああ、そうか！　だからまさとっさんも意外がってたのか。あの学生が自分にストーカーをするとは思えねえって」

なるほど、と膝を打つ高円寺に中津は頷くと、理路整然と自分の推理を話し始めた。

「犯人は雇ったその学生との間でなんらかのトラブルが発生、学生を殺害、捜査の手が自分に

伸びる可能性はゼロじゃないから、即刻本来の目的であった神津さん誘拐を実行した。タローちゃんを拉致し、新人刑事に瀕死の重傷を負わせるというやけっぱちな行動も、引くに引けない犯人の心情ゆえなんじゃないかと思うんだが」

「メールは？　まーへの嫌がらせのメールはどうかかわってくるんだ？」

上条の問いに中津は少し考える素振りをしたあと、

「それは今回の件とは無関係じゃないかと思うよ」

おそらく、と頷いてみせた。

「畜生《ちくしょう》。事象が重なったせいで犯人の目的がぼやけちまったんだな」

「ああ。被害者は神津さんだと思い込んでいたが、実際のターゲットは上条だったというわけだ」

高円寺が悔しげに呻きながら立ち上がり、ポケットから携帯を取り出す。

「高円寺だ。至急近石の近辺を洗ってくれ。ストーカー行為は今回の誘拐のためかもしれない。銀行口座や携帯、家電の着信、目撃情報、なんでもいい。俺も間もなく署に戻る。頼むぜ」

そう言い電話を切ったあと、高円寺は上条に向かい「おめえも支度してくれ」と声をかけた。

「今度犯人から電話がかかってきたとき、逆探知や録音の準備を署で整えるからよ」

「おう、わかった」

上条が頷き立ち上がるのに、

「僕も行こう」

中津もまた立ち上がり、二人に頷いてみせた。

「泊まりになるかもしれねえ。仕事は大丈夫かよ」

上条が申し訳なさそうに問いかけたのに、中津が余裕の笑みを浮かべてみせる。

「僕を誰だと思ってるんだ。向こう三日は休めるように仕事は調整してきたよ」

「さすがは中津だ。恐れ入ったぜ」

高円寺が心底感心した声を上げ、中津の背を大きな掌でどやしつける。

「痛いよ、高円寺」

苦笑する中津に上条が真面目な顔で頭を下げてきた。

「本当にすまねえ」

「三十年来の腐れ縁だろ？　何謝る必要があるんだ」

行くぞ、と中津が上条の背を促し、三人は署に向かうべく覆面パトカーに乗り込んだ。

後部シートに中津と上条二人して乗り込んだのに、運転を担当する高円寺は「俺は運転手か」と口を尖《とが》らせた。

「似合いだぜ」

高円寺を揶揄する余裕を取り戻した上条が後ろから手を伸ばし頭を叩くのに、

「うるせえ」

高円寺は悪態をつき返したあと車を急発進させた。

「あぶねえなあ」

遠心力で身体が揺れ、上条が中津に倒れ込む。

「悪い」

「……いや……」

上条が詫びたのに中津は首を横に振った。

「おい、どうしたよ」

いつもであれば『大男二人でふざけるな』などの注意を促すことが多い中津が、心ここにあらずという状態であることを訝《いぶか》り、上条が彼の顔を覗き込む。

「……実は気になることを思い出して」

「気になること？」

「なんだよ、中津」

中津にしては珍しく歯切れの悪い物言いをするのに、上条が、そしてバックミラー越しに高円寺が彼を見やり問いを発してきた。

「まったくの勘違いかもしれないんだが……」

尚も歯切れの悪い中津に、上条が訝しげに眉を寄せる。

「なんだ？」

「この間、安西《あんざい》に会ったって言ったろう?」

「……ああ」

中津の言葉に、上条の表情が曇り相槌を打つのが遅れた。

「安西? 誰だ?」

後部シートの二人の様子がおかしいのに気づいた高円寺が問いかけたのに、二人は暫く黙り込んでいたが、やがて中津が口を開いた。

「大学のゼミの同級生なんだが、ちょっと上条とワケアリでね」

「ワケアリ? 痴情のもつれとか?」

高円寺としてはいつもの軽口のつもりだったのだが、後部シートの二人が息を呑んだ気配に逆に驚き振り返った。

「なんだよ、マジか?」

「正確には違う。上条は被害者だ」

いいから前を向け、と中津が高円寺に注意を促し、傍らで黙り込む上条をちらと見たあと再び口を開いた。

「……安西という男は典型的な地方の秀才タイプでね、上条のようにちゃらんぽらんにやっているようにみえるのに優秀な男が癇《かん》に障《さわ》ったんだろうな。当時から何かというと上条につっかかってきていた。上条がまた馬鹿馬鹿しいと相手にしなかったものだから、更にエキサイトして周囲が眉を顰めるほどになってたんだが、あることがあってから……」

「昔の話だ」

上条がぶすりと言い捨てたのに、中津は一瞬口を閉ざしたのだが、

「『あること』ってなんだよ。それが痴情のもつれか？」

運転席の高円寺が問いかけてきたのに、話を再開した。

「さっきも言ったが、上条はまったくの被害者なんだ。その安西と付き合っていた彼女が上条に一方的に入れあげたんだよ」

「ヒデはこう見えて女にはもてるからな」

「『こう見えて』は失礼だが、当時から上条は確かに女性に人気があった。見た目によらず硬派なところが女心を捉《とら》えるらしい」

「お前こそ『見た目によらず』は失礼だろう」

黙り込んだ上条の代わりとばかりに、高円寺と中津が軽口交じりの会話を続ける。

「……ともあれ、安西の彼女が上条に一方的に入れ上げ、人目を構わずアプローチをしかけてきた挙げ句、上条が相手にしなかったことに勝手に傷ついて大学をやめてしまったんだ」

「精神的にきたってか？　確かにそりゃヒデは被害者だ」

高円寺の相槌を上条が「いや」と低く遮った。

「そこまで思い詰めていたことがわかってりゃ、もう少し気を遣った断り方をしたんだが」

「色男ぶるんじゃねえぞ。どう断っても一緒だろうよ」

「そうだよ。それに彼女が大学をやめたのは、事情を知った安西に罵《ののし》られたせいだというもっぱらの噂《うわさ》だ」

高円寺と中津、それぞれに声をかけるのに、上条は「いや」と低く呟き首を横に振ったまま口を閉ざしてしまった。沈黙のときが車中に流れる。

「……まあ、そんなことがあったせいで、ますます安西は上条を目の敵にするようになった。卒論もわざと上条と同じテーマを選んだりしてね。彼も法曹《ほうそう》を目指していたが在学中には司法試験には合格できず、結局どこか企業に勤めたんだと思う。卒業後までさすがに絡んでくることはなかったが、在学中の安西の上条への絡みっぷりはちょっと異常だったよ」

「意外にそいつもひーちゃんのことが好きだったんじゃねえの？　よくいるじゃねえか、好きな奴ほど構いたいっていうお子様思考が」

「それは僕もちょっと疑った。だが恋愛感情というよりは嫉妬《しっと》というほうが大きかったような……」

高円寺のからかいに中津が真面目に答えたのに、高円寺は一瞬なんともいえない顔になったあとすぐに切り返してきた。

「まあ、ひーちゃんは男にもモテるってことはわかった。で、なんだって今更そんな話を？」

「………」

今度は中津が一瞬何か言いたげな顔をしたが、すぐに口を開いた。

「この間、安西に会ったんだよ。ほら、皆で集まった日、僕だけ葬式に参列したせいで遅れていっただろう？」

「ああ、そうだったな」

頷いた高円寺の声と上条の問いかけが重なる。

「親族席にいたとか言ってたが」

「ああ、お焼香のときに僕は気づいたんだが、向こうはもっと前から気づいていたようでね。焼香を終えて会場を出ようとしたらわざわざ追いかけてきたんだ」

「追いかけてきた？」

「なんで」

上条と高円寺が疑問の声を上げる。

「僕もびっくりした。いくら知った顔が来たといっても、式の最中、中座するなんて余程のことだろう？　どうしたんだと聞こうとしたら逆に安西に変なことを聞かれて」

「変なことって？」

「『上条に頼まれて来たのか』と聞かれたんだ」

上条の問いに中津が答えた、その言葉に上条と高円寺の上げた疑問の声が重なった。

「なんだってヒデの名が出てくるんだ？」

「どういうことだ？」

「わからない。僕も戸惑ってしまってね。佐伯《さえき》先生の代理で来たと説明したあと、なぜ上条の名が出たのか聞こうとしたんだが、『それならいい』と安西が会場に引き返していったものだから、あとを追うのも躊躇《ためら》われてしまって」

「……その葬式、誰の葬式だって俺、聞いたっけか？」

上条が問いかけたのに、中津は、

「いや、ちゃんとは言ってなかったと思う」

と首を横に振ったあと、誰だっけなと少し考えるそぶりをした。

「代議士のお嬢さんだった。最近贈賄《ぞうわい》の容疑を受けて辞職した……」

「橋本孝《はしもとたかし》か？」

問いかける上条の顔が青い。

「そうだ、その橋本代議士のお嬢さんだ」

どうした、と問い返す中津の腕を上条が摑む。

「上条？」

「……安西は本当に代議士の縁戚なのか？　亡くなったお嬢さん絡みで親族席に座ってたんじゃないか？」

ますます青い顔になる上条の、中津の腕を摑む手に力が込められる。

「痛いよ、上条、一体どうしたんだ？」

「ヒデ？」

手を振り解こうとする中津の声と、様子を訝り高円寺がかけてきた声を浴びる上条の顔面は今や蒼白になっていた。

「上条、何か心当たりがあるのか？」

無言になってしまった上条の顔を、中津が心配そうに覗き込む。

「……もしかしたら……奴かもしれない」

「なに？」

「どういうことだ？」

ぼそりと呟く上条の言葉に、中津と高円寺、二人の驚きの声が重なる。

「……信じられねえとしか言いようがねえがな」

笑おうとしたらしく唇の端を上げた上条の頬が痙攣《けいれん》している。その様を眺める中津と高円寺の胸にもこれ以上ないほどの緊迫感が溢《あふ》れていた。

7

　上条らが新宿西署に向かっているちょうどその頃、神津と遠宮が拉致されていた部屋の扉が再び開き、男が入ってきた。

「……っ」

　にやにや笑いながら近づいてくる男の手に握られているものに神津はぎょっとし目を見開いた。横では遠宮が息を吞む音が聞こえてくる。二人の様子を前に、男のにやにや笑いが顔中に広がっていった。

　男が手にしていたのはライフルだった。銃口は床を向いているものの、いつこちらへ向けられるかわからないと、ごくりと唾《つば》を飲み込んだ神津の前で男の足が止まる。

「そろそろ電話を入れようかと思ってね。また声を聞かせろとうるさいだろうから、事前に録りにきたんだ」

　男がライフルを持っていないほうの手で尻ポケットから、小型のＩＣレコーダーと思《おぼ》しきものを取り出し神津の顔の前にかざした。

「余計なことは喋るな。『助けて』くらいでいい。あんたの恋人が我を忘れて飛んでくるくらい、切羽詰《せっぱつ》まった声で頼むよ」

「……っ」

ほら、と男が更にレコーダーを顔に近づけてくる。男が言う『あんたの恋人』は上条のことだろう。となるとやはり自分を誘拐したのは上条を呼び出すためかと思うと不用意に口を開くことはできず、神津は唇を引き結んだままじっとレコーダーを見やった。

暫く沈黙の時が流れたあと、男が舌打ちしレコーダーのスイッチを切る。

「おい、神津さん。別にあんたを痛めつけて、本気で『助けてくれ』と言わせてもいいんだぜ？　コッチは友好的にいこうとしてるのに、そう強情張られると少々痛い目見せなきゃならないかと、考えを改めざるを得なくなるが、それでもいいのかい？」

じろりと男が神津を睨み下ろす。

「……あなた、誰なんです？」

神津は口を開いたが、それは男の求める言葉ではなかった。

「なに？」

男は神津の容姿と満足に口を利けないでいた今までの様子から、彼を気の弱い男と踏んでいたらしい。それが自分から問いを発してきたことに相当驚いたようで、目を見開いてみせたあと、更に凶悪な顔で睨み下ろしてきた。

「やはり痛い目に遭わないと気が済まないみたいだな」

「おい、乱暴はよせ」

男が今にもライフルを振り下ろしかねない気配を察した遠宮が、怒声を張り上げる。

「うるせえって言ってんだろ？　お前は！」

男の注意が遠宮に逸れ、それこそライフルを持つ手が振られそうになったのに、神津は慌てて自ら自由にならない身体をそのほうへと投げ出し遠宮を庇《かば》おうとした。

「よせ！」

遠宮が逆に神津に身体をぶつけ、彼を庇おうとする。

「うるさい！　お前ら、自分が今どんな状況におかれているか、わかってないんじゃないか？」

男が苛《いら》立った声を上げ、床に倒れ込む二人を睨みつける。

「時間がないんだ。とっとと叫べ。『助けて』でいい。わかったな？」

「あなたは誰なんです！　録った声を誰に聞かせようというんです！」

神津がなんとか体勢を立て直し、男に向かって叫ぶ。

「……リクエストとは違うが、そうして叫んでくれてりゃいい」

ふふ、と男が笑いスイッチを入れる。

「上条もあんたの声を聞いて、さぞ青くなるだろうよ」

「……っ」

やはり男は上条を脅すつもりだった――男の口からはっきりとその名が出たことに息を呑んだ神津に、男の怒声が響く。

「ほら、早く叫べよ。さっきみたいに！」

「………」

どうするか、と思いはしたが、このまま口を閉ざし続けていることはできそうにない。自分だけなら多少殴られてもかまわないが、遠宮にまで害が及ぶのは申し訳ない、と神津は心を決め口を開いた。

「あなたは一体誰なんです？　上条さんとはどういう知り合いなのですか？」

レコーダーが回っているためか、男は答えを返そうとしない。それなら、と神津はこの声を聞かされるであろう上条に、何かヒントとなる言葉を与えられないかと考え、再び口を開いた。

「上条さんの同級生ですか。それとも仕事仲間ですか。見たところ上条さんと年齢はそうかわらなさそうですが、一体どういう知り合いなのですか？」

男は何も答えず、にやにや笑いながらレコーダーをかざしている。

「ライフルで脅して何をしようとしているのですか。窓一つないこの部屋はどこかの地下室ですか？　ここは一体どこなんです」

だが神津がそう続けると、男は意図を察したらしい。にやにや笑いが消えたと思った次の瞬間レコーダーのスイッチを切ると、じろりと神津を睨み下ろした。

「喋りすぎだよ、神津さん。あんたは『助けて』だけ言ってりゃいいんだ」

「本当にあなたは誰なんです？　上条さんに何を要求するつもりなのですか」

男の不機嫌な口調に負けず、神津がそう叫ぶ。男の顔が更に不快そうになり、ライフルを持つ彼の手が一瞬上がりかけた。

「上条さんに何をしようとしてるんです」

かまわず神津が叫ぶ。

「神津さん」

遠宮が見かね、かけた声と、

「教えてください、あなたは一体誰なんです？」

神津の叫ぶ声が重なり、がらんとした室内に響き渡った。

「…………」

思った以上に自分らの声が反響したのに、うるさい、とまた男に注意されるか、と神津が首を竦めたそのとき、鬼のような顔をしていた男の唇が歪んだ。

「……こりゃいい」

含み笑いが次第に哄笑《こうしょう》というに相応《ふさわ》しい高笑いになっていく。狂ったように笑い続ける男を、神津も、そして遠宮も啞然《あぜん》として見つめていた。

「あんたは本当に上条のことが大事なんだなあ」

やがて笑いが収まってきた男が、肩を震わせながら神津に声をかけてくる。

「………………」

答えようがなく黙り込んだ神津に、男は尚もくすくす笑いながら、思いもかけないことを言い出した。

「だいたいあんた、上条がどういう男か知ってるのか？　あいつは人の女を横取りした挙げ句に捨てるような、酷い奴だぜ」

「嘘《うそ》だ！」

反射的に叫んでしまった神津に、男はまた「こりゃいい」と叫び、げらげらとひとしきり笑ったあと、

「それだけじゃない」

とまたも神津を見やった。

「上条はそりゃあ、卑怯な男だ。奴が何をしたか教えてやろうか？　あいつは俺を騙《だま》して引き出した情報で、手柄を立てやがった。その結果どうなったと思う？　俺の恋人は死んだよ。あの野郎のリークのおかげでな。そんな卑怯者だよ、あいつは」

「嘘だ！　上条さんはそんな人じゃない！」

堪らず叫んだ神津の声は、今度は男の癇に障ったらしい。

「うるさい!!」

神津を怒鳴りつけると、彼の肩の辺りに蹴りを入れてくる。そのせいで、神津の身体は壁のほうへと吹っ飛んだ。

「よせ！」

尚も神津のほうへと向かおうとする男の前に、遠宮が身を投げ出し男の足を止めさせる。

「うるさいと言っているだろう！」

男は相当苛ついており、遠宮を睨みつけると持っていたライフルの台座で彼の頭を殴りつけた。

「遠宮さん！」

ゴンッという鈍い音と、神津の悲鳴が重なる。

「うるさい！　うるさい！　うるさい！」

急に苛立ち始めた男の、常軌を逸した声が室内に反響した次の瞬間、神津の耳を劈《つんざ》く銃声が響いた。

バァアン――。

「……っ」

何が起こったのだと確かめる心の余裕は神津にはなかった。撃たれるかもしれないという恐怖が彼の目をぎゅっと塞がせていたのだが、銃声はその一発で収まったようだ。

「…………」

おずおずと目を開けた神津の視界に、鬼のような顔をした男がライフルを天井に向けている画《え》が飛び込んできた。男の傍らでは遠宮が青ざめた顔で男をじっと見上げている。

「……このライフルはな、オモチャじゃないんだ」

神津の視線を受け止め、男がにやりと笑いかけてくる。血走った目といい、だらしなく緩んだ口元といい、正気を失っているのではないかと思われる男の様子に、神津は言葉を失い黙り込んだ。

「これ以上、騒いだらタダじゃおかない。上条への賛美もまっぴらだ。わかったな？　神津さん」

ぎらぎらと光る男の目が自分に注がれている。全身に走る悪寒に身を震わせ黙り込む神津に、男は満足げに唇の端を上げて笑うと、そのまま踵《きびす》を返し部屋を出ていった。

「…………」

バタン、とドアが閉まった瞬間、神津の口から大きな溜め息が漏れたのは、大きすぎた緊張が解けたせいだった。

「大丈夫ですか、神津さん」

自分のほうが余程ダメージが大きいだろうに、遠宮が身を乗り出し、心配そうに声をかけてくる。

「僕は大丈夫です。それより遠宮さん、頭、大丈夫でしたか？」

物凄い音が響いたと心配し問い返す神津に、今回も遠宮はどこか憮然とした表情で、

「大丈夫です」

と答えたあと、実はあまり大丈夫ではなかったらしく顔を顰《しか》めた。

「大丈夫ですか」

頭は打ち所が悪いと命にもかかわる。神津はなんとか身体を起こすと、自由にならない身で遠宮のほうへとずり寄ろうとした。

「大丈夫です……が、少し驚きました」

遠宮もまた、縛られた手足を器用に動かし、神津へと近づいてきながら、彼に声をかけてくる。

「え？」

何が、と問い返すのに遠宮を見やった神津は、彼の顔が笑っていることに気づいた。

「ライフルを持った男に食ってかかるような、怖い者知らずとは思いませんでした」

遠宮がそう笑ったのに、神津は自分の行動を省み、羞恥《しゅうち》を覚えて頭を下げた。

「すみません、つい我慢ができなくなってしまって……」

自分がそんな『怖いもの知らず』の行動を取らなければ男に蹴られることもなかったわけで、それを止めようとしてくれた遠宮が頭を殴られることもなかったわけだ。申し訳なかった、と詫びる神津を遠宮は、

「別に謝るようなことではないでしょう」

と笑い飛ばしたあと、不意にしみじみとした口調になった。

「あなたはよくわからない」

「はい？」

何がわからないのだ、とそれこそわけがわからず顔を上げた神津の目の前に、遠宮のどこか怒ったような顔があった。

「あの……」

今まで笑っていたと思うのだが、と神津がおずおずと問いかけたのに、遠宮はますます憮然とした顔になったあと、おもむろに口を開いた。

「神津さん、あなた、私と彼の――高円寺の関係をご存じですよね」

「はい？」

いきなり何を言い出したのだと神津は戸惑いの声を上げたが、遠宮が答えを待つように口を閉ざしたのに慌てて返事をした。

「……ええ、うかがってますが」

高円寺自身の口からも相当惚気《のろけ》られていたし、上条からも噂は聞いていた。なれそめから現状まで、かなり詳しくはあるのだが、それをそのまま伝えるのは憚《はばか》られ神津は一言そう答えると、遠宮が口を開くのを待った。

「私もあなたと上条検事のご関係はよく存じ上げています。高円寺が何かというと話題にしますので」

「そ、そうですか」

やはり何処も同じということだろうかと思いつつ相槌を打った神津を、遠宮はじっと見据えながら言葉を続けた。

「高円寺から聞くあなたの印象は『良妻賢母』そのものでした。まあ、母にはなりようがありませんが」

「それはそうですね」

思わず頷いた神津を遠宮がじろりと睨む。

「あ、すみません」

「いえ」

揚げ足を取ったとでも思われたのだろうかと慌てて詫びた神津に、遠宮は憮然としたまま首を横に振ると話を続けた。

「……それこそ三つ指をついて夫の帰りを待つタイプだと聞いていました。自分を殺し相手のことを常に一番に考えるような」

「いや、そういうことはないと思うんですが……」

一体高円寺はどういう話をしているのか、と神津が訂正を入れようとするのを聞きもせず、遠宮が言葉を続ける。

「実際、今回の学生によるストーカー被害の件も、嫌がらせのメールの件も、あなたは上条さんには言ってくれるなと口止めをしたそうじゃないですか」

「あ……」

それは確かに高円寺に頼んだと思い当たり、神津が小さく声を上げたのを遠宮がじろりと睨む。

「どうしてそんなことを頼んだと高円寺に聞いたら、高円寺はあなたが上条さんに心配をかけたくないからではないかと答えました。それを聞いて随分《ずいぶん》と堪え忍ぶタイプだと驚きました。言い方は悪いですが、女々《めめ》しいな、と」

「……すみません……」

ズバズバと言いづらいことを指摘する遠宮に、反発を覚えつつも神津がつい謝ってしまったのは、自分でも『女々しい』という自覚があったためだった。

上条にストーカーやメールのことを話さなかったのは、高円寺の言うように彼に心配をかけたくないというのが主たる理由ではあったが、心のどこかでそのようなことを知られては上条に疎《うと》まれるのではないかと案じていた気持ちがあった。

上条に嫌われたくない、その理由で神津は言いたい言葉を呑み込むことがよくある。自分ではそれを『堪え忍ぶ』とは意識していなかったが、高円寺の目にはそう映っていたのだろう。

それこそ自分の『女々しい』部分を見透かされていたことを思い知らされ、そんな場合ではないと思いつつも神津は落ち込んでしまったのだった。

「いや、謝るのは私のほうでしょう」

項垂れる神津に、遠宮が慌てた声を上げる。

「申し訳ない。私はあまり人付き合いが得意ではないのです。決してあなたを不快にさせる気はなかった」

「いえ、不快には思っていませんので……」

あまりに素直に詫びてきた遠宮に、彼についてはすっかり『女王』という刷り込みができていた神津が驚いて顔を上げた。

「それならいいのですが……」

遠宮はややほっとしたような顔になったあと、気にしていないということを示すために笑顔を作った神津を、またも驚かせることを言い出した。

「……まあ、そういった印象を持っていたので、先ほどの俠気《おとこぎ》溢れる態度には驚かされた、と言いたかったのです」

「俠気ですか?」

何を指してのことだろうと戸惑う神津に、遠宮が説明を加える。

「あの男が上条さんを誹謗《ひぼう》するようなことを言ったとき、あなたは『嘘だ』と言いきった。男が何を言おうとまるで信じようとせず、男に食ってかかった態度になんというか……感動しました」

「ええ?」

感動、などという言葉を口にされたことに驚き、思わず声を漏らした神津の前で、遠宮の顔がみるみる赤くなってゆく。

「それだけ言いたかったのです。あなたは強いんだか弱いんだか、わからない人だと」

照れているのだろう、遠宮は顔を赤らめ、また、褒めてるのだかけなしているのだか微妙な言葉を口にする。

「……ありがとうございます」

まあ、悪気はないのだろうと苦笑する神津の前で遠宮はますます顔を赤らめ神津の笑いを誘ったが、人のいい神津は込み上げる笑いを唇を噛《か》んで堪えたのだった。

「なんだヒデ、脅迫電話の主がその、安西とかいう男だっていうのか?」

夜中だというのに新宿西署の刑事課は昼間のごとき喧噪《けんそう》をみせている。高円寺は署に到着するや否や、殺された近石と安西の繋がりを調べるよう指示を出したあと、上条にそう問いかけた。

「……断言はできねえが、言われてみれば電話の野郎の口調はところどころ安西に似ていたような気がする」

「待てよ、上条。安西に命を狙われる根拠があるのか？　口調が似ていると思ったのは僕が安西の名前を出したからというだけじゃないのか？」

中津が端整な眉を顰め上条の顔を覗き込んだのに、

「根拠はねえが、心当たりがある」

沈痛な面持ちで上条はそんなことを言い出し、中津と高円寺の驚きを誘った。

「なんだと？　心当たりがあるだと？」

「上条、何があった？」

高円寺と中津、それぞれが身を乗り出し大声を上げるのに、

「俺は何もやっちゃねえ。やっちゃねえんだが……」

上条が首を横に振ったあと、中津に問いかけた。

「俺も安西に会ったって、この間言ったろ？」

「ああ、そういえば三ヶ月ほど前と言ってたか？」

中津が頷いたのに、上条は頷き返し話を始めた。

「今から三ヶ月くれえ前、偶然安西に会ったんだよ。俺は気づかなかったんだが、安西のほう

から声をかけてきた上に、茶でも飲もうって言うんで付き合ったんだ」

「向こうから？」

中津が驚いた声を上げたのに、上条は「俺も驚いたんだが」と頷くと話を続けた。

「奴とは卒業以来会ってなかった上に、当時はまあ、友好的とは言いがたい仲だったのに、どうしたことかと思ったら、奴《やっこ》さんどうやら自慢がしたかったようでな」

「自慢？」

「なんだよ、そりゃ」

中津と高円寺がそれぞれに問うてくる。

「最初、俺に今、何やってんのかと話を振ってはきたが、それは自分のことを話すためのきっかけ作りでな。縁あって代議士の一人娘と結婚することになった、父親の代議士に惚《ほ》れ込まれて、ゆくゆくは地盤を任せたいと——跡継ぎにしたいという話になっている、その代議士は大臣を何度も経験した著名な政治家だ……だいたいがそんな自慢話だった。くだらねえと思ったんだが、まあ本人が喜んで話してるモンに水差すのもなんだなと、適当に相槌打ってたんだが」

「ヒデにしちゃ珍しいじゃねえか」

くだらないものをくだらないと斬《き》って捨てる性格であることを必要以上に把握している高円寺が突っ込みを入れたのに、

「相手が安西だからだろう。気を遣ったんだよ。その必要はないのに」

上条の代わりに中津が憮然とした顔で答えた。

「別に気を遣ったわけじゃねえよ。まあ、十年ぶりくらいに会って懐かしかったってのもあるし」

上条がバツの悪そうな顔をし、肩を竦める。

「まあいいや。で、それがどうして『心当たり』になるんだ？」

深く追求せぬが友情とばかりに、高円寺があっさり流し、先を促したのに、

「だからよ」

と上条は身を乗り出し幾分声を潜めると、二人を代わる代わるに見やったあとこう告げた。

「入り婿になる予定の代議士が、橋本代議士だったんじゃねえかと思うんだよ」

「そうか、あの亡くなったお嬢さんが安西のフィアンセか！」

納得した声を上げた中津に頷き返した上条の顔は引き攣《つ》っていた。

「ああ、今の今まで気づかなかったが、そういうことだったんじゃねえかと思う」

「……一応事故死ということになっていたが、お嬢さんは自殺だったそうだ。遺書はなかったものの、父親の逮捕を苦にしたんじゃないかという話だと佐伯先生は言っていたが……」

「待てや、それとヒデがどう関係してくるんだ？」

わけがわからねえ、と話に割り込んでくる高円寺に「だからね」と中津が説明を始める。

「安西は、上条が岳父《がくふ》となるべき代議士の逮捕のために、自分に近づいたと勘違いしたんだろう。そのとき贈賄を匂わせるようなネタを口を滑らせたという自覚があったのか、はたまた単なる思い込みかはわからないが」

「別に贈賄を匂わせることは言ってなかったと思うぜ。よく覚えちゃねえが」

ほとんど話を聞いちゃなかったと言う上条に、

「おいおい、その安西って野郎はなんの根拠もなくヒデを疑ってんのか？」

ありえねえ、と高円寺が呆《あき》れた声を上げた。

「昔から安西には思い込みの激しいところはあったが、今回もそうなんじゃないかと思う。だからこそ葬式のとき、弔問は上条に頼まれたのかと僕に聞いてきたんじゃないか？」

「裏も取らずに？」

高円寺はなかなか、上条と中津の意見に頷けないようで、訝しげにそう問い返してくる。

「……おめえの言うとおり根拠は薄い……が、俺は安西だと思う」

だが上条が低くそう告げたのに、一瞬目を見開いたものの「そうか」と頷き腕を組んだ。三人黙り込んだまま、沈黙のときが暫《しば》し流れる。

と、そのとき、

「高円寺さん！」

電話の応対に出ていた若い刑事が高円寺を振り返り興奮した声を上げたのに、三人ははっとなり声の主を見やった。

「どうした？」

「殺された近石と安西幸夫《ゆきお》の接点、出ました」

「なんだと？」

叫ぶような大声を上げた若い刑事に負けじと大声を張り上げた高円寺が、彼へと駆け寄ってゆく。上条と中津も彼に続き、若い刑事から受話器を奪い取る高円寺の傍《そば》に控えた。

「おい、どういう繋がりなんだ？」

勢い込んで尋ねる高円寺に戦《おのの》きながらも、電話の向こうで刑事が報告を始める。

『近石の母方の親戚でした。二人ははとこで、近石が中学のときに安西幸夫が彼の家庭教師をしていたそうで、交流は未だにあったようです』

「わかった」

ご苦労、と言って受話器を若い刑事に戻した高円寺が、上条と中津を見やる。

「繋がったぜ。しっかりよ。安西が近石にまさとっさんのレポートを依頼したかどうか、裏を取る必要はあるがな」

「…………」

上条が絶句し、中津もまた絶句する。幾分青ざめた顔を三人が見交わしていたそのとき、上条の携帯の着信音が室内に響き渡った。

「きた！」

既に携帯には録音装置が装着されていた。三人して携帯の置いてあるテーブルに駆け寄ったあと、まず上条が携帯を開く。『非通知』の文字がディスプレイに浮かび上がっているのを二人に示し、上条は応対に出た。

「もしもし」

『出るのが随分遅いじゃないか』

電話の向こうから響いてくるキンキン声に、上条は改めて耳を澄ませた。高円寺が前と同様、上条の握る携帯に顔を近づけ声を聞こうとする。

『俺は気が短いんだ。今度からワンコールで出なきゃ、あんたの愛しい恋人がどんな目に遭うかわからないよ』

これ以上ないほどにいやらしい物言いをされたことに腹を立てたわけではなかった。神津の身に害を及ぼそうとしている、その言葉に上条は激昂《げっこう》したのだった。

「安西か」

ずばりと名を尋ねた上条に、高円寺が、そして中津が息を呑む。

『………』

電話の向こうの男も息を呑んだ気配が伝わってきたが、やがて上条と高円寺、二人が耳を押し当てている電話から、くっくっという笑い声が響いてきた。

『なんだ、やはり心当たりがあるんじゃないか』

キンキン声が普通のトーンの声になる。ヴォイスチェンジャー越しではないその声に、上条が再び彼の名を口にした。

「安西だな？」

『ああ、そうだ。こうも早く俺だとわかるとは、さすがのお前も自分のしたことに罪悪感を抱いたか』

あはは、とやかましい笑い声を立てる声の主は間違いなく安西だと、上条は彼の笑いを止めるべく大声を上げた。

「安西、今どこにいる？　まーは……人質は無事なのか？　お前は誤解している。俺は橋本代議士の捜査には確かに加わってはいたが、そのためにお前に近づいたわけじゃない」

『ほら、ボロを出した。わかってたんだよ、お前の魂胆はな』

「だから違うと言っているだろう！」

箍《たが》が外れたようにげらげら笑う、その合間合間に言葉を発する安西に向かい、上条が誤解を解こうと必死になる。

「俺はお前のフィアンセが橋本代議士の一人娘だとはまるで知らなかった。何ヶ月か前に街で会ったのはまったくの偶然だ。捜査中もお前のことなど微塵《みじん》も思い出さなかった。誘拐犯をお前と言い当てることができたのは、中津のおかげだ。安西、お前、葬式のときに中津に絡んだだろう？　そのことを中津に聞いたんだ。だから……」

『うるさいよ、上条。言い訳は沢山だ』

げらげら笑いがぴたりと止まり、いかにも不機嫌そうな声が電話越しに響いてくる。

「言い訳じゃない。事実だ」

『事実じゃない、言い訳だ』

言葉遊びをしているかのように、言い返してきた安西が、またくすくす笑い始める。

『事実は今、お前が俺の言うことを聞く以外に道はないってことさ。違うか？』

電話の向こうのくすくす笑いはすぐに収まり、続いてカチャ、とスイッチを入れる音が響いた。

『あなたは一体誰なんです？　上条さんとはどういう知り合いなのですか？』

「まー!!」

続いて響いてきた神津の声に、上条が電話に取り縋《すが》り大声で呼びかける。

『録音だよ。声を聞かせろ聞かせろとうるさいから聞かせてやったんだ。礼くらい言ってくれてもいいだろう？』

笑いを含んだ安西の声を聞き、上条の頭にまた血が上る。

「何が礼だ！　おい、人質は無事なんだろうな？」

『偉そうな口を利ける立場じゃないと、どれだけ言えばわかるんだ？』

だが安西にそう返されては我に返らざるを得ず、ぎりぎりと奥歯を噛み締める気持ちで上条は彼に問い返した。

「……人質を無事解放してもらうためには、何をしたらいい？」

『お願いします、教えてください、だろう？　上条』

安西がくすくす笑いながら上条を揶揄する。またも頭に血が上りかけた上条だったが、高円寺に目配せされ、上げかけた怒声をぐっと呑み込んだ。

「『お願いします。教えてください』」

大きく息を吐き出したあと、言えと言うのなら言ってやると上条が安西の求める言葉を口にする。

『そうだ。そうして素直にしてりゃ、教えてやらないこともないよ』

わかってきたじゃないか、とげらげら笑う安西に、ふざけるな、と言ってやりたい気持ちを抑え、上条が再び問いかける。

「頼む、教えてくれ。人質を無事に解放してもらうにはどうしたらいい？」

『明日の六時、晴海埠頭《はるみふとう》に来い』

それまでげらげら笑っていた安西の笑い声が唐突に止み、代わりに今まで以上に居丈高な声が電話越しに響き渡った。

「朝六時に晴海埠頭だな？　埠頭のどこだ」

上条が問い返したのに、安西が更に高い声で答えて寄越す。

『また連絡する。言わずもがなだが、一人で来いよ。警察が来ていることがわかった時点で人質を殺す』

「わかった、一人で行く。一人で行くから」

らしくもなく取り乱した声を上げる上条を、高円寺も中津も痛ましげに眺めていた。

「六時に晴海埠頭に行けば、人質は解放してくれるんだろうな?」

『ああ。そのとおりだ』

必死で確認を取ろうとする上条に、安西が余裕の笑いで答える。

『明日六時にまた連絡するよ。埠頭近辺で待機していることだ』

それじゃあ、と安西が電話を切ろうとするのを、

「待ってくれ、人質は本当に解放してくれるんだろうな?」

確認を取るまで電話を切らせまいとする上条の声が止めた。

『しつこいな。解放すると言っているだろう』

安西の口調はいかにも不機嫌そうだったが、声音にはそう機嫌を損ねた様子はない。その理由は続く彼の言葉から上条にも知れることになった。

『明日の六時、お前が晴海に死にに来ればな』

「……っ」

上条が思わず息を呑んだ気配を察したのか、電話の向こうで安西がまた、狂ったように笑い始める。

常軌を逸しているとしか思えぬ馬鹿でかい笑い声が室内に響き渡る中、電話を握った上条も、その電話に耳をつけていた高円寺も、少し離れたところで様子を窺っていた中津も、皆して言葉を失い、いつしか蒼白になっていた顔を見合わせていた。

8

安西からの電話が切れたあと、新宿西署の刑事総出で彼の潜伏先を特定すべく動き始めた。

「奴のマンション、勤務先、親類縁者、なんでもいい。手がかりは黒いバンと複数名の男の出入りだ。くまなく探せ」

捜査の指揮を高円寺が執っていることに文句を言う刑事は一人もいなかった。各刑事から上がってくる情報の取捨選択するのに、中津と上条も知恵を貸す。

「朝六時までに確実に探すんだ」

先に人質を救出する以外に打開策はない、というのが高円寺の、そして署内の統一した見解だった。安西の要求は上条の命であり、六時に晴海埠頭に呼び出し殺すつもりである。金や逃走手段を要求してくれればまだ突破口はあるが、おそらく安西は上条を殺すことしか考えておらず、その後は警察に逮捕されてもかまわないと思っているのではないか、と中津は彼の心理を推察した。

「上条に言い当てられたとき、しらばっくれることもできただろうに彼は名乗りを上げた。相当自棄《やけ》になっているんじゃないかと思う」

「確かに常軌を逸した声だったな」

狂ったような笑い声を思い浮かべ、顔を顰めた高円寺を前に、上条が「心配だ」と呟いた。

「自棄を起こした挙げ句、まーやタローちゃんを傷つけるようなことをしないといいが……」

「坊主憎けりゃ袈裟《けさ》まで憎いってか？　ねえ話じゃねえな」

高円寺もまた難しい顔になり、ううむ、と唸る。

「安西の意識は今、上条殺害にのみ向いていると思う。必要以上に彼を刺激さえしなければ人質の二人は安全だと思うよ」

中津が二人を安心させようとそう言うのに、

「タローはなあ……」

なんかやりそうだ、と高円寺がますます心配そうな顔になり、抑えた溜め息を漏らした。

「拉致に手を貸した男たちの身元はわからないか？」

「おそらく金で雇われたチンピラだろうが……」

高円寺が気を取り直し、中津の問いに答える。

「金で雇うにしても、ツテはいるよな……上条、例の代議士、ヤクザは絡んでなかったのか？」

「絡んでた。菱沼組《ひしぬまぐみ》系の三次団体で山形組《やまがたぐみ》だったか」

「安西は既に会社を辞め、義父となる代議士の秘書をやっていた。彼が暴力団関係者との窓口になっていたという可能性はあるな」

中津の指摘に高円寺が無線に走り、都内各所に散っている刑事たちに指令を出す。

「手の空いている者、山形組を洗ってくれ。拉致事件に手を貸したチンピラがいないかどうか」

「僕はこれから佐伯先生のところに行ってくる。力を貸してもらえないか、頼んでみるつもりだ」

戻ってきた高円寺に中津がそう告げ、上着を着込んだ。

「何を頼むって？」

高円寺と上条が問いかけるのに、

「佐伯先生経由で橋本代議士に事情を聞けないかと思ってね」

中津はそう答え、早くも部屋を出ようとした。

「無駄じゃねえかな」

実は先ほど、刑事が橋本代議士の家を事情聴取すべく訪れたのだが、門前払いを食わされたばかりであった。

「警察にはさすがにナーバスになってるんだろう。佐伯先生と橋本代議士がどのくらい深い付き合いかはわからないが、お嬢さんの葬儀に参列するつもりだったくらいだから、そう知らない仲ではないと思う。先生には体調悪いところ申し訳ないが、ご協力いただけないか頼んでくるよ」

「……中津、悪いな」

上条が心底申し訳なさそうな顔で頭を下げるのに、中津は「馬鹿か」とそんな彼を笑い飛ばした。

「悪いことはない。佐伯先生は腰が軽いからね。きっと快く動いてくれることだろう」

それじゃ、行ってくる、と中津が颯爽《さっそう》と部屋を飛び出してゆく。

「夜中に叩き起こされるじいさんが気の毒だな」

高円寺がわざとふざけて笑い、上条の背をどついたのに、

「本当にな」

上条も無理矢理笑い返したが、顔色は依然として青いままだった。

「……何もできねえ自分が、こうももどかしいと思ったことはなかったぜ」

ぼそりと呟く上条の背を、高円寺がどやしつける。

「俺も一緒だよ。畜生、野郎、今どこにいやがるんだ」

吠える高円寺の背を今度は上条がどつき返した。

「大声出しても状況はかわらねえだろ」

「そのとおりだ。ぼやいてもかわらねえがな」

二人顔を見合わせ苦笑したあと、「今後のことを考えようぜ」と上条が口を開いた。

「六時に晴海埠頭か。人質もそこに連れてくると思うか？」

「……どうだろう……」

半々だな、と高円寺が唸る。

「タローを一緒に誘拐してるんだ。警察が動くことは奴の想定内だと思う。逃走経路を確保するためには連れてくるか、或《あ》いは足手まといになるからと置いてくるか」

「安西に手を貸してるのが、金で雇われたチンピラだとすると、警察の包囲網の中、やってくるとは思えねえな。そうなると人質は彼らに任せて安西は一人で来るんじゃねえかと思う」

「野郎、ヒデをどうやって殺そうと考えているんだろうな」

縁起でもねえが、と顔を顰める高円寺に「気にするな」と上条は笑うと、「そうだな」と首を捻る。

「刺殺《しさつ》でも絞殺《こうさつ》でもやりたい放題じゃねえか？　人質を殺すと言えば俺は抵抗しねえし」

「警察が張り込んでる中、タイマン張るってか？」

ありえねえ気がする、と高円寺が首を横に振った。

「殺すより前に止められることとくれえ、奴にもわかるだろ」

「止めようがない殺し方というと……銃殺？」

「暴力団から入手して、か。ねえ話じゃねえな」

高円寺は、そう頷いたあと、上条に向かいにやりと笑った。

「そうだとすりゃ、命拾いする確率は高《たけ》えな。劣悪な密輸ハジキを素人《しろうと》が撃つんだ。一メートルの距離だって当たらねえだろうよ」

「……あ……」

高円寺の言葉に、上条が何かを思いついた顔になる。

「どうした、ヒデ」

さっと青ざめた上条の表情を訝り高円寺が問いかけたのに、

「……素人じゃねえ」

上条はぼそりとそう言い、「そうだった」と溜め息交じりに呟いた。

「何が『そう』だって?」

「野郎、ライフル射撃の選手だったんだ。全国大会にも出たことがあったと思う」

「ライフル? ってこたあ、ライフルでお前を撃つ気か?」

高円寺が素《す》っ頓狂《とんきょう》な声を上げたのに、苦い顔をした上条が「ああ」と頷く。

「……今、思い出した。地方の金持ちのボンボンでな、狩猟も趣味だと言っていた」

「……なるほど、見晴らしのいいところにお前を呼び出し、ライフルでズドン、か」

「警察が止めるより前に俺を殺すことができる」

高円寺と上条、二人して青い顔を見合わせ頷き合う。

「……ともあれ、六時までまだ間がある。なんとしてでも野郎の潜伏先を突き止めるぜ」

「ああ。俺はともかく、人質の二人が心配だ。酷い目に遭ってねえといいんだが……」

また青い顔を見合わせ深く溜め息をつく高円寺と上条、二人の脳裏には、己の命をかけてでも守りたい愛する人の姿があった。

「大丈夫だ」

「ああ、大丈夫だ」

どちらからともなくそう呟き、力強く頷き合う高円寺と上条の祈りも、新宿西署を上げての捜査も空しく、安西の潜伏先は杳《よう》として知れず、刻々と時間だけが過ぎていった。


午前五時になっても新宿西署は安西の潜伏先を探し出すことができずにいた。安西に手を貸したチンピラが山形組絡みであるという裏は取れたものの、当該のチンピラが誰と特定できるところまではまだ至っていなかった。

午前五時五分、再び上条の携帯の着信音が室内に響き渡った。

「上条だ」

一睡もせず、各所から入る連絡をやきもきしながら聞いていた上条が、ワンコール鳴り終わらないうちに応対に出る。

『さっきの脅しが利いたのか、今度は出るのが早かったな』

意地の悪い笑い声を上げた電話の主に――安西に、上条は苛立つ心を抑えつつ静かな声音で問い返す。

「間もなく六時だ。晴海埠頭のどこに行けばいい？」

『せっかちだな。まだ一時間近くあるじゃないか』

げらげらと笑う声が、上条が耳を当てた携帯から周囲に響き渡る。

「……ふざけやがって」

高円寺が忌々《いまいま》しげに舌打ちしたのに、上条が、まったくだ、と頷いたとき、ようやく笑いも収まってきたらしい安西が喋り始めた。

『急《せ》かすことが自分の命を縮めているということとイコールだと、気づいてないわけじゃないだろう？　お前ほどの優秀な男が、気づかないわけないよなあ』

「…………」

酒でも飲んでいるかのような甲高い笑い声を上げる安西に、相当テンパッているようだと上条と高円寺はまた顔を見合わせ頷き合った。

『そんなに死に急ぎたいというのなら、晴海埠頭で待機しているといい。六時五分前にまた連絡を入れる』

「おい、人質は無事なんだろうな」

ひとしきり笑ったあと、それだけ言って電話を切ろうとする安西に、上条が慌てて声をかける。

『すぐ行けよ』

だが安西は上条の問いには答えず、くすくす笑いながらそう言うと、返事も聞かずに電話を切ってしまった。

「畜生。野郎、今どこにいやがる」

仕方なく上条も電話を切ったあと、思わず携帯を床へと叩きつけそうになったのを「おっと」と自分で踏みとどまる。

「……今、携帯を壊すわけにはいかないからな」

自嘲する上条の肩を高円寺が無言で叩く。

「いてえな」

いつものように悪態をつきはしたが、上条の手が出ることはなかった。

「行ってくるわ」

青い顔のまま呟くようにそう言うと、高円寺に頷いてみせる。

「送るわ」

高円寺もまた青い顔で頷くと、上条を伴い部屋を出た。

「とんでもねえことに巻き込まれちまったな」

覆面パトカーでほとんど車通りのない道を飛ばしながら、運転席の高円寺が溜め息をつく。

「巻き込まれたのはまーだ……それにタローちゃんも」

助手席に座る上条は沈鬱《ちんうつ》な面持ちでそう言うと、改めて高円寺へと身体を向け深く頭を下げた。

「申し訳ない」

「阿呆。おめえが謝ることじゃねえだろ。安西って野郎に謝らせろ」

馬鹿が、と高円寺が、がはは、と笑う。いつもの豪快な笑いよりもやや元気はなかったものの、上条の耳にはその笑いが頼もしく響いた。

「気をつけろよ。野郎の言葉じゃねえが、死に急ぐんじゃねえぞ」

感慨深く高円寺を見やっていた上条は、不意に真面目な顔になった彼にそう言われ、「ああ」と深く頷いた。

「まーとタローちゃんの無事を確認するまでは死ぬに死ねねえからな」

「確認するだけでいいのかよ。そのあとの熱い抱擁《ほうよう》はいらねえってか？」

「阿呆。いらねえわけねえだろ。無事にことが済んだ暁には、それこそこれでもかっちゅうほど熱い抱擁をしたいもんだぜ」

「そうだよな。しつこいってくれえ、濃厚なやつをな」

またもがはは、と高円寺が笑ったとき、無線から『高円寺さん』と彼を呼びかける声が響いた。

「はい、高円寺」

途端に高円寺の表情が引き締まり、無線を摑んで応対に出る。

「何かわかったか？」

『安西の潜伏先、特定できそうです』

無線から聞こえてきた若い刑事の声に、高円寺と上条、二人して「本当か！」と大声を上げた。

『はい。橋本代議士が一階を選挙事務所に使っていた小さなビルが西荻窪《にしおぎくぼ》にあるんですが、近くの路上にしばらく黒いバンが停《と》まっていたそうです』

「他に根拠は」

バンが停まっていた、それも近所にというだけではあまりに弱い。淡い期待に終わってしまうのではないかと案じ高円寺が問いかけたのに、無線の向こうから返ってきた答えは、高円寺と上条の心配を更に煽《あお》るものだった。

『昨日の夜中に、近隣の住民から銃声が聞こえたという通報があったんです。通報が一件だったことと、パトロールの警官が周辺を回ったんですが特に異常がなかったため、車のパンク音か何かだろうということになり、そのままにしてしまっていたそうなんですが……』

「銃声だと？」

高円寺と上条、二人して顔を見合わせる。もしや人質が――神津か遠宮が撃たれたのでは、と案じる二人の顔面は蒼白になっていた。

『どうも建物内には何名かいるようだと報告がありました。人数を集結し次第、すぐ踏み込みます』

「わかった。何かわかり次第、報告してくれ」

青ざめた顔のまま高円寺が無線を切ったあと、車内には沈黙が訪れた。

「……大丈夫だろうか」

ぼそり、とやはり青ざめた顔で上条が呟く。

「……大丈夫と信じるしかねえだろ」

答える高円寺の声は掠《かす》れていた。

「もしものことがあったら、野郎、ただじゃおかねえ」

上条が唸り、拳を力一杯己の掌に打ちつける。

「『もしも』なんてねえよ」

安心しろ、という高円寺の顔も引き攣っており、その後車が晴海に到着するまで車内の沈黙は続いた。

その頃、眠れぬ夜を明かした神津と遠宮は、拉致されていた部屋の外がざわつき始めたのに、二人して青ざめた顔を見合わせた。

「ようやく出かけたか」

「あの野郎、やべえんじゃねえの？　目がいっちまってるよな」

ガラの悪い、いかにもチンピラ風の喋り方をする男たちの声がドアの外で聞こえる。

「金、貰《もら》ったんだろ？　早いとこズラかったほうがいいんじゃねえかな」

「それが半分しか貰ってねえんだ。俺たちがズラかろうとしてるのを見越してたのかもしれねえ」

「……しかし相当ヤバそうじゃねえか？　中にいる野郎の一人は刑事だしよ」

ざわざわと喋っているのは、昨日自分たちを拉致したチンピラたちだろう、と思いながら二人は耳を傾けていた。

「どうするよ。俺はこのままバックれたほうがいいと思う」

「でもよ、俺たちあの刑事に顔見られちまってるよな」

ここでざわついていた男たちの声が一瞬ぴたりと止まった。嫌な感じの沈黙に、また神津と遠宮が顔を見合わせたそのとき、勢いよくドアが開き、どやどやとチンピラたちが室内へと入ってきた。

「刑事はどっちだっけ？」

「あいつだよ。俺らを睨んでるほうだ」

チンピラの一人が遠宮を指さしたのに、遠宮はキッと彼らを睨みつけ口を開いた。

「奴に金で雇われたチンピラだな？」

「チンピラとはご挨拶《あいさつ》じゃねえか」

チンピラの一人が凄み、皆して遠宮を取り囲む。

「すぐにこの縄を解くんだ。このままだとお前ら全員、誘拐の共犯になる、わかってるのか？」

「やっぱやべえんじゃねえかな」

チンピラの中でも一番の若手が気弱な声を上げるのに、

「うるせえ」

リーダー格と思われる男が一喝した。

「今、我々を解放すれば情状酌量《じょうじょうしゃくりょう》を認めてやってもいい。さあ、早く縄を解くんだ」

懐柔《かいじゅう》すべきは気弱になったあのチンピラだと、遠宮が彼へと身を乗り出し、更に訴えかけるその声を、またもリーダー格のチンピラの怒声が遮《さえぎ》った。

「うるせえって言ってんだろ！　何が情状酌量を認めてやってもいい、だ。偉そうなこと抜かすんじゃねえぞ」

ぎらぎらと光る目でリーダー格のチンピラが遠宮を睨み下ろす。

「俺はもともと警察が大嫌《でえきれ》えなんだ。口じゃあ甘いこと言ってやがるが、逮捕されることに代わりはねえんだろ。刑事の言うことなんざ信じられるかよ」

「信じる信じないはお前の勝手だが、みすみすチャンスを逃していいのか？」

遠宮も負けじとチンピラを睨み返す。ここは腰低く説得したほうがいいのではないかと、神津はどこまでも強気で押そうとする遠宮をはらはらしながら見守っていた。

「偉そうな口利くんじゃねえ」

神津の心配したとおり、遠宮の態度はチンピラの神経に相当障ったようだ。

「うるせえんだよっっ」

チンピラが怒声を張り上げた次の瞬間、彼の足が遠宮の肩を蹴った。

「遠宮さんっ」

ドスッという音とともに勢いよく後ろに倒れ込んだ遠宮の名を呼ぶ、神津の悲痛な声が響く。

「なにがチャンスだよ。どうせ捕まるんだろ」

「いいかげんなこと、言うんじゃねえよ。刑事さんよう」

チンピラが次々と遠宮の身体に蹴りを入れる。

「やめてください！　お願いです！　それ以上はもう……っ！」

苦痛の声を押し殺し、蹴られるままになっている遠宮を見かねて神津が悲鳴を上げたのに、チンピラたちの意識が彼へと移った。

「いけない、神津さん」

気配を察した遠宮が、痛みに歪む顔を上げ叫んだのに、またチンピラたちの視線は彼へと戻る。

「しかしなんつうか、こうして見ると二人とも男にしておくのはもったいねえような別嬪《べっぴん》だな」

先ほどのリーダー格のチンピラが、遠宮と神津、代わる代わるに見やりながら下卑《げび》た笑いを浮かべてそう言ったのに、

「確かに」

「その辺の女より、綺麗《きれい》な顔してますね」

チンピラたちが次々と頷き、皆して好色そうな目で二人を眺め始めた。

「そういや、そっちの男は、前にホモ検事の恋人って記事が週刊誌に出たそうですよ」

自分を指さしそう告げた事情通のチンピラの言葉に、彼らの間に一種異様な興奮が宿ったのを肌で感じた神津の背筋に悪寒が走った。

「なんだ、こいつ、オカマか」

「これだけ綺麗な顔してりゃあ、抱いてみてえ気にもなるよな」

男たちの間で興奮が増してゆき、彼らの顔が欲情でてかり始める。

「一度男も試してみるか」

「案外癖になるかもしれねえな」

下卑た笑いがどっと湧くのに、神津の顔からさあっと血の気が引いていった。

「誰からいくよ」

「先鋒《せんぽう》はやっぱり兄貴でしょう」

年下のチンピラが、リーダー格の男を持ち上げる。

「よっしゃ、それなら俺から行くぜ」

にたにたといやらしい笑いを浮かべながら、チンピラが神津に近寄ってくる。

「貴様ら！　ふざけるな！　自分たちが何をしようとしているか、わかってるのか！」

と、そのとき恐怖と嫌悪から口も利けずに震えていた神津の横で、遠宮が怒声を張り上げた。

「うるせえなあ、この刑事は」

不快そうに眉を寄せ振り返ったチンピラの目が、遠宮の顔の上で留まる。

「そうだ、どうせならこいつからヤってやるか」

チンピラの顔が下卑た笑いに歪み、神津に屈み込みかけていた身体を起こすと今度は遠宮に覆い被《かぶ》さろうとする。

「お前ら、暴れないよう押さえとけよ」

チンピラの指示に、他のチンピラたちが口々に返事をすると、黙り込んだ遠宮の肩や足を床へと押しつけた。

「と、遠宮さん!!」

気を取り直した神津が遠宮の名を叫んだが、遠宮は彼に向かい、大丈夫だというように小さく頷きはしたものの、声を上げる気配はない。ぐっと唇を嚙み締め天井を睨んでいるのはおそらく、神津の代わりにチンピラたちの乱暴を引き受ける決心を固めているためなのだろう。

「やめてください！　お願いです！」

それがわかってはもう神津が黙っていられるわけもなく、必死で身を乗り出すと、今まさに遠宮の身体から服を剝《は》ぎ取ろうとしている男たちに向かって、大声で叫んだ。

「遠宮さんに手を出さないでください！　代わりに、代わりに僕がなんでもしますから！」

「神津さんは黙っていてください！」

遠宮が慌てて声を上げる。

「いやです！　黙ってなんかいられるわけないじゃないですか」

「民間人は黙りなさい！」

「いやです！」

叫び合う二人をチンピラたちは最初呆然と見ていたが、

「こりゃいい」

やがて一人が笑い出したのに、その場にいた皆が爆笑した。

「そんなに犯されたいっていうんなら、ソッチも誰か、犯してやれよ」

「よせ‼」

下品な笑い声を張り上げる男に、遠宮の厳しい声が飛ぶ。

「うるせえ。仲良くヤられちまいな」

男が遠宮の頬を張ったあと、彼のシャツを掴んで一気に前を開かせる。バチバチとボタンが飛び散る音と共に、

「それじゃ、俺はこっちだ」

「押さえてろよ」

チンピラたちの興奮した声が室内に響く。

「よせ！　その人には触るな！」

自身はベルトを外されようとしているにもかかわらず、それを止めるのではなく神津に覆い被さろうとする男たちを遠宮が怒鳴りつけたそのとき――。

「警察だ‼」

勢いよくドアが開いたと同時に、室内にどっと制服私服の警察官たちがなだれ込んできた。

「なにを？」

呆然としているチンピラたちを次々と刑事たちが引き立てていく。

「課長、大丈夫ですか」

「ああ。大丈夫だ」

遠宮のもとに駆け寄り、彼の身体を起こしたのは直属の部下だった。眩《まぶ》しそうに遠宮の裸の胸を見やっていたが、遠宮が「早く縄を解け」と睨むと、顔を真っ赤にして彼の後ろ手に縛られた縄を解き始めた。

「大丈夫ですか」

「は、はい……」

神津のほうにも刑事が駆け寄り、縄を解いている。

「主犯の男は？」

長時間拉致されていた上に、殴られ蹴られたダメージは相当なものであろうに、縄を解かれると遠宮はすぐに立ち上がり、周囲に集う部下を見渡し尋ねた。

「晴海埠頭に向かっていると思われます。六時に晴海埠頭に上条検事を呼び出していましたので」

「彼に連絡はつくのか」

「はい、高円寺さんが同行してますので」

きびきびと問いを重ねていた遠宮だが、答えた部下の口から恋人の名が出たとき、一瞬だけ息を呑んだ。

「課長、大丈夫ですか」

言葉を失った遠宮に、部下が心配そうに問いかける。

「ああ、大丈夫だ。すぐに高円寺に連絡を取るように。人質である我々は無事解放された。犯人はライフルを所持している」

「わかりました！」

遠宮の指示を受け、部下の一人が脱兎《だっと》のごとく駆け出したあと、

「これから私も晴海に行く！」

他の部下に向かい遠宮はそう宣言すると、「それから」と神津を振り返った。

「彼を——神津さんを病院に運んでくれ」

衰弱が激しい神津を気遣い、遠宮はそう部下に命じたのだが、

「いえ、僕も晴海に行きます！」

神津はきっぱりとそう言い、遠宮を驚かせた。

「危険です。上条検事のことは我々が責任を持って守りますので」

遠宮がいくらそう説得しようとしても、神津は頑として聞き入れなかった。

「僕も行きます。お願いです、決して足手まといにはなりませんので、同行させてください」

お願いします、お願いします、と必死で頭を下げ続ける神津を前に、遠宮はなんともいえない顔をしていたが、やがて、

「……わかりました」

深く溜め息をつくと、ぼそりとそう言い、肩を竦めてみせた。

「ありがとうございます！」

途端に神津がほっとした顔を上げたのに、遠宮はまた、やれやれ、というように溜め息をつく。

「本当にあなたは、強いんだか弱いんだかわからない人だ」

溜め息をつきながらも遠宮の顔は笑っていた。

「すみません」

神津が深く頭を下げる、その肩を遠宮がぽんと叩いて顔を上げさせた。

「行きましょう」

「はい」

二人して頷き合ったあと、「こっちです」と言う部下の刑事の先導で遠宮と神津は部屋を出る。

「間もなく六時か……」

覆面パトカーの中で、時計をチェックし、遠宮がそう呟いたとき、

『こちら高円寺！』

無線から大きすぎて割れてしまうほどのガラガラ声が響いた。

「高円寺さんだ……」

神津が呟いた横では、遠宮がじっと唇を噛んでいる。答えればいいものを、と神津が彼の顔を見やったと同時に、またも無線から高円寺のガラガラ声が響き渡った。

『おい！　タローは無事なのかっ？』

「上司を呼び捨てにするなっ‼」

高円寺の声は、彼が心底心配していたことを、これでもかというほど感じさせていたにもかかわらず、遠宮が怒鳴り返したのはそんな言葉だった。

『無事なんだな！』

ああ、と無線の向こうで高円寺の語尾が震えたのに、彼がどれほど安堵《あんど》したかを察した神津は、案じられていたのは自分ではないというのに、胸に熱いものが込み上げてくるのを抑えることができないでいた。

「馬鹿者、無事に決まっているだろう。それより上条検事は？　人質解放の連絡は彼には伝わっているのか？」

当事者でない神津の涙腺が緩んでいるくらいであるから、当の本人である遠宮もまた、胸を熱くしているに違いないのに、無線に呼びかける声はどこまでも厳しい。

だが彼の目が酷く潤んでいることは横にいる神津にはよくわかったし、厳しいことを言いながらもその声が酷く震えていることは、無線の向こうの高円寺にも伝わっているに違いなかった。

『それが連絡が入る直前、安西から奴の携帯に電話があってな。一人で動かねえと人質を殺すと脅されたもんで、上条は今一人で埠頭に向かってるんだ』

「なんだと？　相手はライフルを持っているんだぞ？　危険じゃないか！」

遠宮の怒声が車内に響く。

『わかってる。だから俺らは安西が身を隠していそうな場所を今必死で探しているところだ。上条の携帯はずっと話し中で通じねえんだが、人質が無事とわかりゃあもう怖いモンなしだ。これから奴を探して直に伝えるぜ』

また連絡する、と言い、高円寺が無線を切る。

「……上条さん……」

人質だった自分を守るため、上条は安西の言うままに一人で行動しているという。大丈夫なのだろうかという不安で胸が押し潰されそうになっていた神津が、堪らず愛しい人の名を呟いたのに、

「大丈夫です。必ず守りますから」

遠宮が彼を気遣い、自身の膝の上で握り締めていた神津の拳を彼の手に包んでぎゅっと握り締めた。

「……ありがとうございます……」

神津が顔を上げ、遠宮を見る。温かな手の温もりに救われる思いを抱いた彼に遠宮は再び、

「大丈夫ですから」

おそらく根拠はないであろうに、敢えて自信満々な口調できっぱりそう言うと、神津に向かい深く頷いてみせたのだった。


時刻はそれから十分ほど前に遡《さかのぼ》る。

高円寺と上条が晴海埠頭に到着する直前、上条の携帯が着信に震えた。

『これから俺が言うとおりに動け。一つでも指示を破ったら、人質の命はない』

「はい、上条」

電話の向こうから、相変わらず高テンションの安西の声が響いてきたのに、上条は顔を顰めながらも「わかった」と返事をした。

『まずは車を降りろ。これから先はお前一人で行動してもらう。こちらはお前を見張っているからな。警察がついてきたことがわかった時点で人質を殺すよう連絡を入れるよ』

「わかった、一人で行動する。一体どこに行けばいい？」

電話を切られそうな気配を察し、上条が慌てて問うのに、

『鈴代《すずしろ》倉庫を目指せ』

安西はそれだけ言うとブツリと電話を切ってしまった。

「鈴代倉庫だってよ。俺一人で来いだと。警察がついてきたらその時点で人質を殺すとよ」

舌打ちしながら電話を切った上条が、高円寺を振り返り一気にそれだけ言うと車のドアに手をかける。

「ちょっくら行ってくるわ」

「おう。今応援を頼んだからな。俺らは安西を捜すわ」

高円寺はそう言うと、バシッと上条の肩を叩いた。

「痛えな」

肩越しに上条が振り返り、高円寺をいつもの三白眼で睨みつける。

「死ぬんじゃねえぞ」

だが高円寺がいつになく真面目な顔でそう言うと、上条の目から険が消えた。

「あたぼうよ」

にやりと笑った上条が、肩に置かれたままになっていた高円寺の手に己の手を重ね、ぽんぽんと二度ほど叩いたあと、

「それじゃな」

その手を目の辺りで振り、車を降りた。高円寺もまた車を降りる。

「気をつけろ」

「わかってるぜ」

鈴代倉庫に向けて駆け出しながら、上条が手を上げて答える。その後ろ姿を暫し見送ったあと、高円寺は車に乗り込み、現状を報告すべく無線を手に取った。

「こちら高円寺。上条は今、安西の呼び出しで鈴代倉庫へと向かっている。一人で行動しないと人質を殺すという脅しがあった。我々は近辺にいると思われる安西を探す。いいな？」

無線からそれぞれに了解の声が響いてくるのを聞きながら高円寺は、安西は果たしてどこにいるのかと考えを巡らせた。上条をライフルで撃つつもりなら、高所に身を隠している可能性もある。建物の上も隈《くま》無く探せという指示を出そうと無線を手にとりかけたそのとき、

『人質無事救出！　課長も神津雅俊《まさとし》さんも無事です！』

西荻窪での捕り物を終えた刑事から連絡が入り、高円寺を心底安堵させたのだった。


そして時は今に戻る。

上条は今、一人鈴代倉庫を目指して駆けていた。右手に握り締めた携帯は少しも鳴る気配がない。もしや既に安西はどこかに潜んでいて、なんの予告もなく自分を撃つつもりかもしれないと思うと、さすがの上条もぞっとし、駆けながら思わず周囲を窺《うかが》った。

午前六時ともなると外は充分明るい。とはいえまだ人々が動き出す時間には間があるために、埠頭内に人気はなかった。自分の足音と、吐く息の音だけが響き渡っていると思いつつ駆けていた上条の耳に、遠くサイレン音が響いてくる。

「……？」

この音はパトカーかと上条が足を止めたちょうどそのとき、握り締めていた携帯が着信に震えた。

「もしもし？」

『ご苦労だったな。次は沼沢《ぬまさわ》倉庫を目指せ』

安西がくすくす笑いながら、新たな指示を出す。

「…………」

沼沢倉庫というのは上条がちょうど覆面を降りた辺りにある倉庫だった。五百メートルほど走らせておいて、また元に戻れとは、嫌がらせ以外の何ものでもないと悪態をつきたくなる気持ちを抑え、上条はただ「わかった」と答えると、元来た道をまた駆け出した。

『急げよ。あまり待たせると人質がどうなるかわからないぞ』

電話の向こうでは安西が、勝ち誇ったような笑い声を上げている。

「わかった。沼沢倉庫のどこだ？」

『まずは倉庫の前に来ることだ』

息を切らせながら問いかける上条に、安西の笑い声が更に高くなった。

『面白いよなあ。上条、お前が俺に、こうも従順になるなんてな』

げらげら笑う声は聞くに堪えず、電話を切ってしまいたい衝動に駆られるものの、次なる指示を受けるにはこのまま繋いでおく必要がある。

『なんとか言えよ、上条。なあ、悔しいだろう？』

安西にもそれがわかっているだけに、わざと上条を挑発するようなことを言ってはげらげら笑う。

『お前はいつも俺を馬鹿にしてたもんなあ。学生のときからそうだったよな。お前の人を見下したような態度が、本当に我慢できなかったよ』

「別に馬鹿にしていた覚えはないぜ」

ようやく沼沢倉庫が見えてきたのに気が緩んだのか、上条はつい安西にそう言い返してしまった。

『馬鹿にしてただろう？』

途端に電話の向こうの安西の声が不機嫌になる。

『お前は俺を馬鹿にしてた。だいたい人の女を奪った挙げ句にポイと捨てるなんて真似、俺を馬鹿にしてるんじゃなきゃ、できないことだと思うがな』

「だからそれは誤解だと、あの頃に何度も説明しただろう」

十年以上前の『痴情のもつれ』を、当時のままに持ち出され、上条がまた思わず口を挟んだのに、

『うるさいと言ってるだろう』

安西のヒステリックな怒声が、電話越しに響いた。

『お前は黙って俺の言うとおり動いてりゃいいんだよ』

喚《わめ》き散らす安西に、どう相槌を打つべきかを迷い、上条が口を閉ざす。

『そろそろ沼沢倉庫だな』

ひとしきり怒鳴り散らしたあと、幾分笑いを含んだ声が電話から聞こえてきたのに、上条の胸に嫌な予感が芽生えた。

『よし、また鈴代倉庫前に戻れ』

「…………」

やはりそうきたか——予測しないでもなかったが、また元来た道を戻るのは肉体的にも精神的にもなかなかにキツいと、上条は密かに溜め息をついた。

『返事は？』

「わかった。すぐ向かう」

電話の向こうに答えたあと、上条は踵を返し今来た道を駆け出した。

『急げよ。人質の命が惜しいならな』

すっかり機嫌を直したらしい安西が、楽しげな笑い声を上げ上条を揶揄してくる。一体いつまで彼は自分を嬲《なぶ》るつもりだろうと思いながら上条は電話を握ったまま、埠頭内を駆け続けた。

そのうちに、先ほどは遠くに聞こえただけだったサイレン音が次第に近づいてきていることに上条は気づいた。耳を澄ませるとサイレン音は複数聞こえるようである。

もしや――駆けていた足を止め、はあはあと息をつきながら上条はじっと耳を澄ませた。やはり幻聴などではなく、ここ、晴海埠頭に向かって数台のパトカーが近づいてきているようである。

もし人質を救出できていなければ、こうも派手派手しくサイレンを鳴らしてパトカーがやってくるわけがない。

と、いうことは――上条の胸に期待が芽生え、息苦しさに歪んだ唇に笑みが浮かぶ。

『おい、何をしている！　早く来い！』

安西もまたパトカーのサイレン音に気づいたようだ。電話越しの彼の怒声に焦りの色を認めたものの、人質の――神津の無事を確認するまでは安心できないと、上条は再び鈴代倉庫へと向け駆け出した。

やがて倉庫が近づいてきたとき、上条の目は倉庫の前に佇む男の姿に気づいた。男も上条に気づいたようだ。

「よお」

上条が耳を当てていた携帯から、目の前の男が口を開いたのと同じタイミングで声が響いてきた。

「……安西……」

上条が電話に呼びかけたと同時に、男が——安西が手にしていた携帯を後ろへと放り投げ、だらりと手に提げていたライフルを構えようとする。

「……っ」

撃たれる、と上条が足を止めたそのとき、それまでサイレン音しか聞こえていなかったパトカーが、安西の背後からようやく姿を現した。

「安西！　よせ！」

スピーカーから響く声は、高円寺のものである。パトカーは次々と倉庫の角を曲がり、安西へ、そして上条へと近づいてくる。

『ヒデ、まさとっさんは無事だ！　逃げろ！』

状況を把握したらしい高円寺が、マイク越しに声を張り上げる。

「そうか」

愛する人の無事を確認できた喜びに上条の頬が緩んだ。

『安西、銃を下ろせ！』

パトカーは安西のすぐ背後まで近づいてきているというのに、安西にはそれらの音が何も聞こえていないかのようだった。ライフルを構えたまま、無言で上条を睨みつけていたのだが、やがてパトカーが上条の背後からもやってきて、このままだと取り囲まれるとわかった途端、「はっ」と声を上げて笑った。

「こうなったらもう、お前を殺して俺も死ぬ。それっきゃないな」

あはは、と安西が高笑いをする中、パトカーが停まり、中から刑事たちがわらわらと降り立った。

「安西、銃を下ろすんだ！」

先頭に立っているのは高円寺だった。ガラガラ声を張り上げる彼を、安西が不快そうに睨む。

「うるさいぞ！　お前らに俺の気持ちがわかってたまるか！」

こうも大勢の警官に囲まれては、安西も逃げ場がないと観念したようだった。だがその『観念』の仕方が大人しく逮捕されるというものではなく、自分を巻き添えに死のうとしているのではないかと思う上条の脇の下を冷たい汗が流れる。

「いいから銃を下ろせってんだよ！」

高円寺が大声を上げている最中にも、次々とパトカーが到着し、刑事たちが降り立ってくる。

と、そのとき、

「秀臣さん‼」

上条にとってこの世の誰にも代え難い愛しい恋人の声が響いたのに、上条ははっとし、そのほうを見やった。

「まー!!」

刑事たちをかき分けるようにして前へと出ようとしているのは、間違いなく神津だった。

「大丈夫か!」

上条が労《いたわ》りの声をかけたのも耳に入らない様子で駆け寄ろうとするのを、

「危ない!」

後ろから腕を摑んで引き留めているのは、殴られた痕も痛々しい遠宮だった。

「秀臣さん!」

神津が遠宮の手を振り解き駆け出そうとするのを、上条は慌てて叫んで制止した。

「よせ、まー! 危ないからそこにいろ!」

「でも……っ」

神津の顔は真っ青だった。おそらく一睡もしていないのだろう、大きな瞳の下には隈《くま》が浮き、一夜にして頰も随分とこけてしまっていた。そんな彼が悲愴な声で叫ぶのを、

「俺は大丈夫だから!」

上条の力強い声が遮る。

「大丈夫なわけないだろう」

上条の元気な声に相当苛立ちを覚えるのか、そのとき安西が吐き捨てるようにそう言い、一

歩前に出た上条を鬼の形相で睨みつけた。

「上条、お前は死ぬんだよ。自分がやったことを思えば、とても生きてはいられないはずだ。そうだよなあ、上条！」

「だからそれは誤解だ！　俺はお前が橋本代議士の私設秘書をしているなど知らなかった！　お前を嵌《は》めて情報を聞き出すなど、誓ってしていない！」

上条が叫ぶのを、

「うるさーい‼」

ヒステリックな安西の声が遮った。

「お前のせいで佳織《かおり》は死んだんだ！　お前はいつだってそうだ。知子《ともこ》が大学をやめたのもお前が彼女を捨てたからだ。いつでもお前は俺から愛する人を奪っていくんだ」

「それは違う！」

正気を失っているかのような甲高い安西の声を遮る凛《りん》とした声が響き渡った。

「なにを？」

皆の視線が一斉に声のしたほうへと集中する。

「すみません、通してください」

刑事たちをかき分け、姿を現したのは中津だった。後ろに恰幅《かっぷく》のいい男性を従えている。

「あ……っ」

その男性を見て、ライフルを構えていた安西が顔色を変えた。上条も、またその場にいた刑事たちも、見知った男の顔に驚きの声を漏らす。

中津が連れていたのは、先頃贈賄の容疑で逮捕され、保釈されたばかりの橋本代議士だった。メディアに露出していた頃より随分痩せ、年をとったように見えたが、国会野党の野次を黙らせる迫力は未だ失っておらず、その場に姿を現しただけで物凄い存在感を周囲に与えていた。

「お、お義父《とう》さん……」

安西がうろたえ、呟いたのに、

「安西君、君は……っ」

なぜだか橋本代議士は憎々しげに彼を睨んだまま絶句してしまった。

「安西、お前は佳織さんの——橋本代議士のお嬢さんの死を上条のせいにしているが、実際彼女が命を断とうと思うほどに追い詰めたのはお前自身じゃないか」

言葉を発することのできない橋本の代わりとばかりに、中津がよく通る声を張り上げる。

「なんだと?」

上条が、その場にいた皆が、突然の中津の告発に戸惑いざわめく中、

「何を言うんだ!!」

安西の動揺する声が辺りに響き渡った。

「遺品を整理していたら、佳織さんの日記が出てきたんだよ。亡くなる前日の日記に、父親が

逮捕されたあと、お前に酷い言葉で婚約を破棄されたと記してあった。もう生きる希望を失った と……」

「嘘だ！　俺はそんなこと、一言も……っ」

安西がまた、甲高い声で喚き始める。

「本当だ！」

だがその声も橋本の苦渋に満ちた叫びに、安西の喉《のど》の奥へと呑み込まれることとなった。

「お、お義父さん……」

安西の顔が泣き出しそうに歪む。

「君に『お義父さん』などと呼ばれたくはない！　娘を殺したのは君だ！　結婚を決めたのは佳織が私の——実力のある政治家の娘だったからで、父親が逮捕された今、どうしてお前と結婚できると、詰《なじ》ったそうじゃないか！」

「う、嘘です」

「君は私が——私の娘が、死の直前に嘘をついたと言うのか！」

安西を一喝した橋本の手には、綺麗な青色をした革の手帳が握られていた。

「……わ、私は……」

安西の顔がますます歪み、唇がわなわなと震え、発する言葉の語尾が消えてゆく。そんな彼に追い打ちをかけるように中津の糾弾が始まった。

「安西、お前はいつもそうだ。お前の彼女が大学をやめたのも上条に振られたせいなんかじゃなく、それを知ったお前が彼女を責め立てたからだったんだろう？　お前はいつも自分がしたことの責任をなぜか上条に転嫁しているだけだ！」

「ち、違う！　俺は責任転嫁なんかしてない！　全部、全部こいつが悪いんだ！」

安西は今や正気を失っているとしか見えなかった。『こいつ』と言いながらライフルの銃口を上条へと向け、激しく上下に揺らす。

「中津、やべえぞ！」

今にも撃ちかねない気配を察し、高円寺が怒鳴ったのに、更に彼を糾弾しようとした中津がはっとし、口を閉ざした。

「俺は悪くない！　全部こいつが悪いんだ！」

だが時既に遅し、すっかり頭に血が上りきった安西が叫び、引き金に指をかける。

「よせ！　安西！」

「やめろ‼」

中津が、そして高円寺が叫ぶ声と、

「秀臣さん‼」

一段と高い神津の声が重なったそのとき――。

ダーンッ

耳を劈くような銃声が響き渡り、皆の見ている前で安西のライフルが火を噴いた。

「秀臣さん‼」

弾《たま》は、青ざめその場に立ちつくしていた上条の胸に命中し、彼の身体が後ろへと数メートル吹っ飛んだ。

「秀臣さん‼」

神津が遠宮の腕を振り切り、上条に向かって駆けてゆく。

「やった、やったぞ！」

ライフルを持つ手をだらりと下げ、呆《ほう》けたような顔で笑っている安西を、警官たちが取り囲み彼の手からライフルを取り上げ、手錠をかけた。

「秀臣さんっ！　秀臣さんっ！」

神津に続き、高円寺も、そして中津も遠宮も、上条のもとへと駆けつける。

「秀臣さんっ」

神津が眉間に縦皺《じわ》を寄せきつく目を閉じている上条の胸に取り縋り、大声で彼の名を呼び泣きじゃくる。

「ついにやったぞ。上条を殺してやったぞ！」

狂ったような笑い声を上げながら、安西が刑事たちに取り囲まれ連れ去られようとしたそのとき——。

「……死んじゃねえよ」

低く呻く声が、固く結ばれていた上条の唇から漏れたのに、取り組って泣いていた神津が驚き顔を上げた。

「生きてる！」

「なんだと？」

神津の声が届いたようで、安西がぎょっとしたような顔になり、刑事たちの頭越しに上条のほうを振り返る。

「……残念だったな」

上条が苦痛に眉を寄せながら、むっくりと身体を起こしたのに、安西は信じられない、と目を見開き、弾の命中した彼の胸を見やった。

「防弾チョッキだよ。お前の趣味がライフル射撃だと上条が思い出してな。念のため着せておいたんだ」

上条の代わりに高円寺が得意げに胸を張ったのに、

「頭を撃たれなくてよかったぜ」

さすがに近距離から撃たれた衝撃は大きかったのか、胸を押さえながらも上条がにやりと笑い、呆然と座り込んでいた神津にその手を伸ばした。

「まー、無事でよかった」

「馬鹿！　馬鹿馬鹿馬鹿‼」

神津の目に新たな涙が盛り上がり、差し出された手を両手で摑むと、その手に顔を埋《うず》め泣き始める。

「まー？」

どうしたのだ、と、上条が彼の顔を覗き込もうとする。

「脅かして……っ……こんなに……こんなに心配させて……っ」

幼児のように声を上げて泣きじゃくる神津に、上条がほとほと困った顔になった。

「まー、悪かった。脅かそうなんて思っちゃなかった。頼む、そんなに泣かないでくれ」

「馬鹿……っ」

わんわんと声を上げて泣く神津を、上条が胸に抱き締める。と、そのとき、

「うわーっ」

人間の声とは思えない叫びが聞こえたと同時に、その声の主である安西が悪鬼《あっき》のごとき形相で上条に摑みかかろうと駆け出した。勿論《もちろん》彼の動きは周囲の刑事たちによって阻止され、数人がかりで安西を取り押さえると、そのままパトカーへと連行してゆく。

「上条！　上条！　上条！」

狂ったように上条の名を連呼しながら連れ去られる安西を、上条も、そして驚きのあまり涙も止まった神津も呆然と見やっていた。

「彼には、フィアンセが——佳織さんが自殺したのが自分のせいだとわかっていたんだろうな」

中津もまた呆然とその様子を見ながら、ぽつりと呟く。

「その罪悪感に耐えかね、責任を上条に転嫁することで精神のバランスをとっていたんだろう」

「ひでえ話だ」

高円寺が顔を顰める横で、

「しかしなぜ、上条検事だったんでしょう」

遠宮がごく自然に会話に参加し、中津を見る。中津は一瞬目を見開いたが、すぐにその目を細めて微笑《ほほえ》むと、理路整然と彼の見解を説明し始めた。

「昔から彼は上条を目の敵にしていたからね。彼自身、認めないだろうがきっと安西は上条のようになりたかったんじゃないかな」

「それはねえだろ」

上条が口を挟んだのに、中津は「深層心理だよ」と返すと、再び皆に向かって口を開いた。

「彼にとって上条は憧れの存在だったんじゃないかな。高い能力も、意外な人望も自分には持ち得ないものなだけに、彼は上条をああも憎んだんじゃないかと思う」

「『意外』は余計だろうがよ」

上条のぼやきを今度は取り合わず、中津は言葉を続けた。

「最初は彼の気持ちも『羨望《せんぼう》』や『嫉妬』で、『憎む』ところまでは至っていなかったんだろうが、きっかけは、大学時代に付き合っていた彼女の気持ちが上条に移ったことなんじゃないかと思う。自分は何をやっても上条にかなわないというコンプレックスが彼を追いつめ、彼女が大学をやめようと思うほどに責め立ててしまった。その罪悪感から逃れるために彼は上条を憎んだ……今回は十数年前と同じことをなぞったのではないかと僕は思うよ」

「ヒデ、もてるじゃねえか」

高円寺がガラガラ声を張り上げ笑う横で、

「なるほど、それはありますね」

遠宮が真面目な顔で頷いている。

「……亡くなった佳織さんは、お気の毒としかいいようがないが……」

中津が傍《かたわ》らで呆然と立ち尽くしていた彼女の父、橋本を痛ましげに見やり呟くのに、橋本は我に返った顔になると「私が悪いのです」と項垂れた。

「私に人を見る目があれば……娘の結婚相手にあのような男を選ばなければ、こんなことにはならなかった……」

悲嘆にくれる顔でそう告げた橋本は「いや……」とその顔を上げ、上条へと視線を向けた。

「……一番反省すべきは、罪を犯した自分ですな」

「……橋本さん……」

自嘲する橋本のあまりの痛々しさに、上条が声をかけようとしたのに、

「ご迷惑をおかけし、申し訳ありませんでした」

橋本は深く頭を下げて詫びると踵を返した。

「お送りしてくれ」

遠宮が近くにいた刑事に指示を出す。刑事に伴われ去ってゆく橋本の背からは、いつもの迫力は微塵も感じられず、愛する娘を失った父親の悲しみだけが滲《にじ》み出ていた。

「……さあ、我々も署に戻ろう」

去ってゆく橋本をしんとして見送っていた皆に、遠宮が声をかける。

「大丈夫なのかよ」

高円寺が心配そうに遠宮の顔を覗き込む。

「人前で馴れ馴れしいぞ」

遠宮はじろりと彼を睨み上げながらも、すっと手を伸ばし、高円寺の腕を摑んだ。

「……タロー……」

その手が微かに震えていることに気づいた高円寺が、耳元に顔を寄せ低く名を呟く。

「……心配をかけた」

ぼそりと遠宮が呟くのに、

「本当だぜ」

高円寺は呟き返すと、周囲を見渡したあと、自分の腕を握る遠宮の手にもう片方の手を重ねた。

「行くぞ」

遠宮がキッと顔を上げ、高円寺から腕を離す。

「おう」

明るく答える高円寺を潤んだ瞳で一瞥《いちべつ》し、遠宮が踵を返す様を——そんな彼を愛しげに見つめる高円寺の姿を、上条と神津、それに中津は微笑ましく見守っていた。

9

上条と神津は、遠宮よりまず病院に行くようにと言われたが――その指示を与えた遠宮自身、すぐにも病院に行くべきだという状態ではあったのだが――二人とも病院よりもまず家で休みたいと、遠宮の気遣いを断った。

遠宮は二人を家まで送るよう部下の刑事に指示を出し、自分は高円寺と共に新宿西署へと戻っていった。因《ちな》みに中津は一睡もしていなかったにもかかわらず、そろそろ出勤する時間だと、元気に事務所へと向かっていった。

覆面パトカーの中で、上条は上司に電話で事情を話し、一日休みを取った。神津もまた研究室に、体調が悪くて休むと連絡を入れた。

上条の家に到着するまでの間、無線に入った連絡で、遠宮と共にチンピラたちに襲われた山《やま》下《した》という新人刑事が無事に意識を取り戻したことを上条と神津は知り、二人して顔を見合わせ安堵《あんど》の息を吐いた。

「落ち着かれたら、署までいらしていただきたいとのことでした」

刑事は二人を上条の家の前で下ろし、直前に入った遠宮からの伝言を告げた。

「明日でもいいのか？」

「はい。いつでもいいとのことでした。ただ、精密検査は近々していただきたいとのことです」

真面目な顔で刑事はそう言うと、それでは、と敬礼をし、二人の前を辞した。

「ご苦労！」

「ありがとうございました」

若い刑事に上条が明るく、神津が丁重に礼を言う。刑事の乗った覆面を見送ったあと、上条は神津の肩を抱き、二人の愛の巣の門をくぐった。

「大丈夫か？　まー」

憔悴《しょうすい》の色が濃い神津を上条が気遣い、顔を覗き込む。

「僕より、秀臣さんこそ大丈夫？」

至近距離からライフルで撃たれた胸は痛まないのか、と神津もまた心配して上条の顔を見上げたのに、二人は思わず目を見交わし、微笑み合った。

「俺は大丈夫だ」

「僕も大丈夫」

告げ合いながら二人の腕は互いの背へと回ってゆく。

「……シャワーを浴びたいな」

拉致され、床に転がされていたため、服も身体も汚れている、と神津が囁《ささや》くのに、

「一緒に浴びるか」

やはり昨日から風呂に入る間もなく動き回っていた上条がそう言い、こつん、と神津の額に己の額をぶつけた。

「それならお風呂にしようか」

今、沸かすから、と上条の背から腕を解いた神津に、

「待ちきれねえ」

上条はそう笑うと、その場で神津の身体を抱き上げた。

「秀臣さん」

「高円寺の馬鹿と言い合ってたんだ。無事にことが済んだら、これでもかっていうほど濃厚な夜を過ごそうってな」

「濃厚って……」

くすりと笑った神津が、上条の首に両手を回して縋り付く。

「まーも待ちきれなくなったか」

「馬鹿」

くすくすと笑い合いながら風呂場へと向かい、上条が床に神津を下ろす。二人して無言で服を脱ぎ合い全裸になると、どちらからともなく浴室へと入り、シャワーを捻った。

「まー」

上条は本当に『待ちきれなかった』ようで、彼の雄は既にある程度の形を成していた。思わず神津の目がそれに吸い寄せられたのを察したのか、上条は少し照れたように笑うと、

「来いよ」

言うより前に神津の腕を引き、迸《ほとばし》るシャワーの下でしっかりと神津を抱き締めた。

「……秀臣さんの、熱い……」

腹の辺りに当たる上条の雄を、神津が両手で包み込む。

「……まーに触られたら、もっと熱くなる」

上条は軽口のつもりで言ったのだが、神津は彼の言葉に「そうだね」と笑うと、何を思ったのかそのまま身体をずり下げ、タイルの上にひざまずいた。

「まー？」

突然の神津の思いもかけない行動に、上条がらしくもなく戸惑った声を上げる。

「いつもしてもらってるから」

神津は上目遣いに上条を見上げ、恥ずかしそうな顔で微笑むと、両手で包んだ上条の雄へと顔を近づけていった。

「まー、そんなことしなくていい」

上条が慌てて屈み込もうとする。

「わ」

と、上条の背で遮られていたシャワーの湯が顔を直撃し、神津が小さく声を上げた。

「悪ぃ」

上条がまた慌てて身体を起こしながら、神津の手から己の雄を取り上げようとする。

「どうして？」

神津がまた上目遣いに上条を見る。潤んだ瞳が、紅潮した頰が、これでもかというほどの色香を感じさせ、ドクリと己の雄が脈打つのを感じつつ、上条はゆっくりと首を横に振った。

「今日は俺がまーを労る日だ。俺のせいで危険な目に遭わせちまったんだし」

「それは僕の台詞《せりふ》だ。僕が拉致さえされなければ、秀臣さんが撃たれることはなかったんだし」

「馬鹿だな。なんでまーが拉致されたと思ってるんだ？　あの安西の野郎が俺を呼び出すためだろう？」

「ああ、そうか」

上条の指摘に神津は初めて気づいたような顔をしたが、実際利発な彼がそのような基本的なことに気づかぬはずがないのだった。

「……まー」

勿論上条も察しないはずはなく、愛しげに名を呼ぶと腕を摑んで立ち上がらせようとする。

「……やらせてほしい。上手くできないかもしれないけど」

だが神津は、彼にしては珍しく上条の手を振り払うと、じっと顔を見上げ訴えかけてきた。

「なんだってそんな……」

今までにない神津の唐突な申し出に、上条が戸惑った声を上げる。

「……秀臣さんを感じていたい。目で、手で、口で、あなたを味わいたいと思って……」

普段、閨《ねや》の中で神津は滅多に自分の希望を口にすることはない。それがこうも赤裸々に己のしたいことを口にするとは、と上条は半ば唖然として、じっと己を見上げる神津の顔を見下ろしていた。

「……僕にやらせて」

いいでしょう、と神津が、呆然と立ちつくす上条の手から、彼の雄を取り上げる。

「俺は夢でも見てんのか？」

上条がぼそりと呟いた声が、シャワーの湯音と共に浴室に響き渡る。

「……夢じゃない……よね？」

神津が少し不安げな顔でそう言ったあと、上条の雄にそっと顔を寄せ、既に勃《た》ち切っていた赤黒いそれに頰を寄せた。

「……夢じゃない……」

目を閉じ、それは幸福そうに呟いた神津の言葉に、上条の中で彼への愛しさが溢れてゆく。

「……まー」

己の雄に頬を寄せる神津の髪に指を絡め、やさしくすき上げると、神津は目を開いて上条を見上げ、にっこりと微笑んでみせた。

「……幸せだ、僕は」

「俺もだぜ」

上条が微笑み返したのに、神津は一段と嬉しげに微笑むと、恥ずかしそうに目を伏せ、口を大きく開いて上条の雄を中へと収め始めた。

「……うっ……」

熱い口内を感じた途端、上条の身体を欲情が駆け抜け、神津の口の中で彼の雄は一段と硬度を増していった。神津が少し困ったような目を上条へと向けてくる。

「どうしよう、入らない」

「……まー」

もういいよ、と上条は苦笑し、神津の可愛い口から己の雄を取り上げようとしたのだが、神津はいやいやをするように首を横に振ると、上条の雄を両手で捧げ持ち、ぺろぺろと舐め始めた。

「……いいぜ……っ……」

先端を丁寧に舐《ねぶ》り、滲み出る先走りの液を啜《すす》ったあと、神津の舌は暫くくびれた部分をぐるりと舐めとり、やがて裏筋を伝い下りる。竿を挟んだ唇を舌と共に何度か上下させたあと、また先端を丁寧に舐る神津の口淫《こういん》に、上条の息は一気に上がり、掠れた声が唇から漏れていった。

「まー……っ……上手いよ……っ」

「……」

上条の賛辞の言葉に、神津は彼を口に含んだまま目を上げると、にっこりとそれは嬉しげに微笑んでみせる。彼の形のいい唇の間から覗く怒張した己の雄に上条の欲情は更に煽られ、次第に我慢ができなくなってきた。

神津もまた己の行為に興奮したのか、舌を動かしながら、もぞ、と下肢《かし》を捩っている。彼の雄もまた勃ち切っている様を見てはもう我慢などできようはずもなく、上条は強引に神津の口から己の雄を取り上げると、驚いたように目を見開いた彼の腕を摑んで引っ張り上げた。

「秀臣さん？」

「もう限界だ。まーの中に挿《い》れさせてくれ」

我ながら切羽詰まった声だと思いつつ上条がそう告げると、神津はわかった、というように、こくりと首を縦に振った。上条が出しっ放しになっていたシャワーを止め、神津と身体を入れ替えると壁のほうを向かせる。

「手、ついて」

神津の両手を壁へつかせ、腰を両手で摑んで後ろへと引かせる。

「……なんだか……」

恥ずかしい、と言いながらも、神津の身体もまた上条の突き上げを待ちわびていたようで、上条が両手で双丘《そうきゅう》を割り露《あら》わにしたそこは、ひくひくと蠢《うごめ》いていた。

「まー」

美しいピンク色のそこがいやらしく蠢く様を目の当たりにした上条から、申し訳程度に残っていた理性が綺麗さっぱり吹き飛んだ。これでも彼は最初は神津の身体を労り、今日はそう無茶はさせまいと心に決めていたはずなのに、気づいたときにはいつも以上に激しく神津を求めていた。

「あぁっ……」

後ろから一気に貫いたあと、神津の腰を両手で掴むと激しく腰を動かしてゆく。上条の押し殺した息と、湯に濡れた互いの下肢がぶつかり合うパンパンという高い音が、これでもかというほど浴室内に響き渡った。

「あっ……あぁっ……あっあっあっ」

濡れたタイルに爪を立て、神津が背を仰け反《のぞ》らせながら高く喘《あえ》ぎ続ける。力強い上条の突き上げに、がくがくと彼の両脚が震え、今にも崩れ落ちそうになる。腰に回された上条の両手が華奢《きゃしゃ》なその身体をしっかりと支え、リズミカルな律動を続けていくのに、神津が高く喘ぐ声が反響し、二人の頭の上に落ちてきた。

「あぁっ……もうっ……もうっ……いくっ……」

絶叫ともいうべき神津の声に上条の欲情はますます煽られ、律動のスピードが速まってゆく。

「ふっ……」

己の高い声の合間合間に響く上条の口から漏れる微かな喘ぎが神津の興奮を煽り立て、彼の背を大きく仰け反らせた。

「あぁっ……」

神津が一段と高く喘ぎ、伸び上がるような姿勢になる。いよいよ耐えきれず達したようで、ぴしゃ、と彼の放った精液が浴室のタイルに飛ぶ音が下のほうから響いてきた。

「んっ……」

射精を受け、彼の後ろがぐっと締まったその刺激に上条も達し、低く声を漏らすと神津の身体を後ろからぎゅっと抱き締めた。

「……まー……」

はあはあと息を乱す神津の顔を上条は後ろから覗き込み、掠れた声で名を呼ぶ。

「……ひで……」

息が乱れて言葉を発することができないでいる神津の膝が折れ、床へとへたり込みそうになる。

「だ、大丈夫か」

慌てて上条が神津の身体を抱き直したとき、ずるりと萎《な》えた彼の雄が神津の後ろから抜けた。

「や……っ」

上条の腕の中で神津の身体がびく、と震え、唇から悩ましげな声が漏れる。

「……大丈夫か、まー」

飛び去った『理性』をようやく取り戻した上条が、無茶をさせてしまったと案じつつ呼びかけると、

「……うん」

神津は肩越しに彼を振り返り、こくん、と首を縦に振ってみせた。

「悪かった。すぐ休ませっから」

大丈夫か、と問いながら上条が傍らのバスタブに神津を座らせ、身体を清めようとシャワーを手に取る。と、神津の手が伸びてきて、シャワーを握る上条の手を上から押さえた。

「まー？」

どうしたのだ、と上条が神津の顔を覗き込む。と、神津がよろよろと立ち上がり、上条の胸に縋り付いてきた。

「おい？」

「……休まなくても……大丈夫」

上条に下肢を擦り寄せるようにして抱きつき、神津が上条の耳元で囁く。

「え？」

「……もっと……もっと欲しいんだ」

拉致監禁という極限状況は、『大丈夫』と言いながらも神津の神経を酷く苛《さいな》んでいたらしい。目の前で上条が撃たれたショックも大きいのだろう。

確固たる愛の証を――己の腕を求め縋り付く神津の身体を、上条は心からの愛しさをもって抱き締める。

「……わかった。今夜はとことん、愛し合おうぜ」

耳元で囁く上条の声に、びくっと身体を震わせた神津が、更に強い力で背を抱き締め返してくる。

「そのためにも、ベッドに行こう」

己の誘いにようやく彼の背から腕を解いた神津の身体を上条は抱き上げると、すぐに己の首へと縋り付いてきた神津の身体を抱き直し、寝室へと向かった。

「あっ……はぁっ……あっ……」

ベッドに神津の身体を下ろすと、上条は彼の下肢に顔を埋め、先ほどの礼とばかりに唇で、舌で彼の雄を攻め立て始めた。

「やだっ……あっ……いくっ……」

上条の口の中で神津の雄はすぐに勃ち上がり、早くも先走りの液を先端から滲ませている。

「やっ……いきたく……っ……あっ……いきたく、ない……っ」

今日の神津は、普段の慎み深い彼とはまるで別人のようだった。己の感じるがまま、望むがままの言葉を口にする神津の態度は、上条の目には酷く新鮮に映り、あからさまな言葉は彼の欲情をこれでもかというほど煽り立てた。

「一人じゃ……っ……ひとりじゃ、いや……っ」

幼児が駄々をこねるように、激しく首を横に振り、高く叫ぶ神津の言うことを、今日はなんでも聞いてやろうと上条は早々に口淫を中断すると、起き上がり、ほっと安堵したように息を吐いた神津の両脚を抱え上げた。

「一緒がいいか」

問いながら上条が、既に回復していた彼の逞《たくま》しい雄で、神津の後ろをなぞる。

「……うん」

こくりと首を縦に振った神津は、本当に幸せそうな顔をして微笑んでいた。

愛しい——そして可愛い、と思う上条のやる気が一段と増したことは、逞しさを増した彼の雄が物語っていた。

「一緒にいこうぜ」

言いながら上条がその逞しい雄を、ずぶりと神津のそこへとねじ込んでゆく。

「んんっ……」

ずぶずぶと上条の雄が埋め込まれてゆくのに神津の顔はますます幸福そうな笑みにほころび、満足げな吐息が形のいい唇から漏れた。

「動くぜ」

ぴた、と二人の下肢が重なり合ったあと、上条が一応声をかけると、神津はまた、こくり、と頷き、両手両脚でぐっと上条の背にしがみついた。

「…………」

力一杯己に縋り付いてくる彼に対する愛しさがまた、上条の胸に溢れてくる。

「……まー、愛してるよ」

思いが言葉になって零《こぼ》れ落ちたのに、神津はまた幸せそうに微笑むと、

「僕も……」

それだけ言い、上条の背にしがみつく両手両脚にぐっと力を込めてきた。来て、というその意思表示を受け、上条が最初ゆっくりと、次第にスピードを上げながら、腰の律動を続けていく。

「あっ……あぁっ……あっあっあっ」

やがてその動きが二人の下肢がぶつかり合うほどの激しい突き上げとなるのに比例し、神津の嬌声《きょうせい》も高くなる。

宣言どおりその後二人は共に「いった」あと、また新たな行為へと突入し、最後は喘ぐ声が

嗄《か》れ果てるほど、彼らは言葉どおり『とことん』愛し合う時間を過ごした。


現行犯逮捕された安西は、興奮したまま取り調べに応じ、べらべらとすべてを自供した。

中津が推理したとおり、縁戚にあたる近石を殺害したのも彼だった。安西は近石に小遣い程度の金を与え神津の動行を見張らせていたのだが、神津を拉致する手伝いをもさせようとしたところ近石が拒否したせいで口論となり、もみ合ううちに勢いで首を絞めてしまったとのことだった。


「弾みで近石を殺しさえしなければ、安西があああも暴走することはなかったかもしれない」

事件も無事に解決したとのことで、三バカトリオはミトモの店に集合し祝杯を上げたのだが――高円寺と上条が、前にこっそり飲んだビール代をしっかりミトモに徴収されたのは言うまでもない――その席には、それぞれの恋人である神津、藤原《ふじわら》、それになんと、遠宮も同席し、その遠宮が安西逮捕後に知り得た事実を皆に説明していたのだった。


「安西の弁護士は精神鑑定を要求しているんだとよ」

高円寺が苦々しい顔をしてみせる。

「認められるかどうかは半々といったところだそうだ」

遠宮がそう言葉を足したのに、

「そうか……」

上条がなかなか複雑な顔をし、ぽりぽりと額をかいた。

「上条が気に病む必要は少しもないと思うよ」

中津がそう言い、上条の肩をぽんと叩く。

「そうだ、神津さんへの嫌がらせメールの犯人も割れたんだっけか？」

高円寺も気を遣ったのだろう、話を逸らせようとしたのか、そう話題を振ったのに、

「はい。同じ研究室の助手でした」

神津が頷き、今度は彼がやりきれない顔になった。

メールを送っていたのは、坂井《さかい》という助手で、神津が教授に気に入られていることへの嫉妬から、そんな嫌がらせを続けていたという。

いつまでも嫌がらせがやまないため、教授がこっそりと大学のシステムに調べさせた結果、嫌がらせのメールを打った端末が坂井のものだとわかったのだった。

「教授がクビにするってえのを、まーが取り成したんだぜ」

上条が憤懣《ふんまん》やるかたなしといった声を出す。

「そっちの犯人も無事に挙がってよかったと思えばいいさ」

中津が場を取りなそうと、明るくそう言ったのに、

「そうそう、すべて解決、めでてえじゃねえか」

高円寺がそれに乗り、陽気に、がははと笑ってみせた。

「乾杯しましょうよう！　記念すべき日じゃないの」

ミトモが皆の前にタンタンとグラスを置き、棚からボトルを取り出してみせる。

「ニューボトル、開けましょう！」

「ちょっと待て、なんでおニューなんだよ。前に入れたの、あんだろ？」

高円寺が慌てた声を上げたのに、ミトモが意味深に笑って答えた。

「あらあ、今夜はいつもより人数が多いから、きっと足りないと思うのよね」

そう言い、ちら、と彼が視線を向けた先には、居心地の悪そうな顔でスツールに座る遠宮の姿がある。

「乾杯しよう。上条と神津さん、それに遠宮さんの無事を祝って」

中津がまたも気を遣い、遠宮を会話に交えようとそう言うのに被せ、

「本当にその節はまーが世話になったそうで」

どうも、と上条が遠宮に向かい頭を下げた。

「警察官として当然のことをしたまでですから」

つんとすましたまま、お気遣いなく、と答える遠宮に、一瞬場はしんとなる。

「……まあ、こういう奴だが、みんなよろしく頼むぜ」

高円寺が少し困ったように笑いながら、遠宮の肩を抱き、周囲を見回しぺこりと頭を下げた。

「………」

遠宮が何か言いたげな顔をしたあと、じろり、と高円寺を睨む。

「お酒、用意できたわよう」

不穏な空気を吹き飛ばすようにミトモが明るく叫んだのに、

「おう」

「ありがとな」

皆どこかほっとした顔になりながら、それぞれにグラスを手に取った。

「それじゃ、乾杯」

「乾杯」

グラスを合わせ、一気に酒を喉に流し込むのは三バカトリオのみで、藤原は今日もノンアルコール、あまり酒に強くない神津は水割りを舐め、遠宮は遠宮で、水割りに一口、口をつけたあとは、グラスをテーブルに下ろし、居心地悪そうに下を向いている。

「しかし上条が撃たれたときの神津さんの取り乱しようは凄かったな」

おかわり、とグラスをミトモに差し出しながら、高円寺が身を乗り出して上条の隣に座る神津に話題を振った。

「ああ、これでもかというほどの愛を感じたよ」

中津も一緒になって神津をからかうのに、

「いえ、そんな……」

神津が恥ずかしそうに俯《うつむ》き、ぼそぼそと言い訳めいたことを口にする。

「ふふん、羨《うらや》ましいか」

上条はそんな神津の肩を抱くと、ぎろり、といつもの三白眼で悪友二人を睨みつけながらも、得意げに笑ってみせた。

「そういや、あの日は熱烈な夜を過ごしたのかよ」

酒が入ると常に会話が下のほうへと流れる傾向がある高円寺が、にやにや笑いながら上条に問いかける。

「あたぼうよ」

ふふん、とまた上条が胸を張る横では、神津が顔を真っ赤にして俯いていた。

「ごちそうさま、ってことか」

「だからあたぼうよって言ってんだろ」

中津の突っ込みに、上条は更に胸を張ったあと、

「そういやお前はどうなんだよ。ちゃんと公約どおり『濃厚な夜』を過ごしたってか？」

今度は彼がにやにや笑いながら、高円寺と遠宮、代わる代わる見ながらそう尋ねた。

「おう、あたぼうよ」

高円寺が、がははと笑い、遠宮の肩を抱く。

「こちとら朝までコースよ」

「馬鹿者！」

得意げな高円寺の声に被さり響いたのは、遠宮の怒声だった。

「帰る！」

怒声を上げただけでなく、キッと高円寺を睨みつけると、スツールを下り、あっという間に店を駆け出してゆく。

「おい、待てよ、タローちゃん！」

慌てて高円寺が彼のあとを追い店を飛び出してゆくのを、残された者たちは暫し呆然と見やっていた。

「……なんつうか、高円寺も苦労するなあ」

上条がぼそりと呟くのに、

「ま、本人は『苦労』とは思ってないんじゃないか？」

中津がフォローにならないフォローをし、肩を竦めてみせる。

「そのうち上条と高円寺の下品な会話にも慣れるだろう」

「ちょっと待てよ。中津、そりゃどういう意味だ？」

上条が凶悪な目で睨んだが、さすが三十年の腐れ縁、ヤクザも怯むというその三白眼を中津はにこやかな笑みで受け止め、グラスを掲げた。

「飲もう。上条の無事と神津さんの無事、それにタローちゃんの無事と高円寺の苦労にならない苦労を祝って」

「おうよ。ついでに中津とりゅーもんの『濃厚な夜』も祝ってやるぜ」

「それが下品だっていうんだよ」

笑いながら中津と上条がグラスをぶつけ合うのに、神津と藤原も顔を見合わせ、グラスを掲げてみせる。

「乾杯！」

四つの――ミトモも入れれば五つだが――グラスがぶつかり合う音が店内に響き渡る。近い将来、ぶつかり合うグラスの数は六つに――しつこいようだがミトモも入れれば七つである――増えるであろうという予感と希望を、その場にいた者たち皆が胸に抱いていた。

愛は淫らな夜に咲く
～コミックバージョン～
by 陸裕千景子
気持ち悪ぃなあ
あ？
さっきから ニヤニヤと
もしかして 酔っ払ってないか 上条？
ぐりぐり
どーせ まさとっさんの 事だろ！
あの夜 どんだけエロい事 してもらったか 白状しろや！
秀臣さん……
どんだけって お前……

どうしよう
入らない……
ひとりじゃ
いや……
もっと……
もっと欲しいんだ
…とてもじゃねえが
言えねえなぁ
ぬぁあ！
ニヤッ
聞きてぇ！
聞きてぇよ
ヒデ！
バーカ
俺が一番
嬉しいのはよ…
ケヘッ
まーが自分を
さらけだしてくれて
すげぇ
近くなった気が
するんだ

うっすい膜が
キレーさっぱり
無くなったつうか
……
へ…
ズル…
へ…
…寝ちまったよ
相当
酔ってたんだな
何か肝心なこた
聞けてねーのに
強烈にノロケられた
気がすんなぁ
同感
今日はコイツの
奢りにしちゃい
なさいよ！
よっしゃ
飲むか！

羨望

「急にお呼び立てしてしまって、すみません……」

中津《なかつ》の目の前で神津《こうづ》が、心の底から恐縮しているような声を出し、深く頭を下げる。

「いや、別に今夜は何も用事があるわけじゃないから、かまわないんだけど……？」

一体何ごとか、と中津は神津にフォローを入れつつ、カウンターの内側で二人の様子を興味深げに窺《うかが》っていたミトモに目線をやった。

どういうことだ、と問いたい中津の意図は正しくミトモに伝わったようだが、答えは持ち得なかったらしく、さあ、と首を傾げている。それでも、「すみません」と言ったきり、話をどう切りだそうかと迷っているらしい神津と、そんな彼を持て余している中津の二人の会話のきっかけを作ってやろうと、敢《あ》えて割り込んできてくれた。

「ええと、ご注文、聞いてたかしら。ひーちゃんズのボトルでいいかな？　いいとも－！」

一人で正午開始の国民的番組の口真似をした彼に、中津と神津、二人が、

「ああ、頼む」

「申し訳ありません」

とそれぞれに答える。

「別にそのボトルは、上条《かみじょう》と高円寺《こうえんじ》のものだってわけじゃないんだけどね」

せっかくミトモが作ってくれた会話のきっかけを広げようと、中津は別段不満に思っているわけでもなかったが、ミトモに絡むことにした。

「そりゃそうだけどさ。ひーちゃんとひさもちゃんの利用率が馬鹿高いんですもの。中津ちゃんやりゅーもんちゃんは、なかなかプライベートでウチの店、来てくれないじゃないのよう」

「まあ、そうだけどね」

苦笑する中津にミトモは、

「特にりゅーもんちゃんは、来てもウーロン茶ばっかだしさ」

と拗《す》ねてみせながら、中津と神津、二人のグラスにどばどばと酒を注いだ。

「あ、あの……」

ウワバミと名高い中津は平然とその様子を見守っていたが、あまり酒に強くないという神津はぎょっとしたようにミトモと、目の前の原液八割というグラスを代わる代わるに見やり、困ったような声を上げた。

「喋《しゃべ》りにくいときには、ほら、酒を飲むのが一番よう」

さあさあ、とミトモが無理やりに神津にグラスを握らせ、中津もまた、大丈夫かな、と案じつつも己のグラスを軽くぶつける。

「乾杯」

「か、乾杯」

中津の声に神津も唱和したあと、中津がまるで麦茶でも飲むかのように、くいっとグラスを空けたのに倣《なら》い、彼もまた一気にバーボンを飲み干した。

「こ、神津さん？」

「ちょっと、大丈夫ぅ？」

途端にげほげほと咳《せ》き込む彼に、中津とミトモ、二人して慌《あわ》てて声をかける。

「大丈夫です。おかわり、お願いします！」

その『イッキ』が躊躇《ためら》いから脱却するきっかけとなったようで、神津はミトモと中津が心配する中、高らかに『おかわり』を宣言し、今度はミトモが気を遣って薄めに作った水割りを一気に空けた。

「おかわり、お願いします！」

丁寧語で『おかわり』を宣言し続ける彼を、中津は最初止めようとしたのだが、

「大丈夫です」

と、酒を飲んだせいか、普段よりも少し陽気になってきた神津に明るくそう言われては、止めることもできなくなった。

「中津ちゃんも、飲めば？」

くいくいとグラスを空ける神津の勢いに圧倒されつつもミトモが、ボトルの消費量を増やそうとするためか、中津のグラスにもバーボンを注ぐ。

「あ、ああ」

そうだな、と中津もグラスを空け続け、会話らしい会話もないままにそれから約三十分の時

が流れた。

「ですからねえ、僕はぁ、なにも、秀臣《ひでおみ》さんを信じてないってわけじゃないんですよう」

三十分後、おそらく今までの人生でこれほどまでアルコールを摂取したことがないであろうというほどに飲み過ぎたらしい神津が、呂律《ろれつ》の回らない口調で唐突にそう言い出したのは、ミトモと中津の間で交わされていた会話がきっかけだった。

「今日はりゅーもんちゃん、いないの？」

と問いかけてきたミトモに中津が、

「ああ、地方に行ってる」

と答えたのに、ミトモがわざと意地悪なツッコミをして寄越したのである。

「きっと遊んでるわよ。地方だったら中津ちゃんの目も届かないと思ってさあ」

そう言いはしたものの、藤原《ふじわら》の中津へのベタ惚《ぼ》れっぷりを充分知っているミトモは、本気でそんなことを考えていたわけではなかった。中津もそこはわかったもので、敢えて余裕の発言をミトモにかましてやった、その言葉に神津が嚙《か》みついたのだった。

「僕は龍門《りゅうもん》を信じてるからね」

「僕だって、秀臣さんを信じてるんですよう」

「え？」

「はい？」

唐突に会話に割り込んできた神津に、中津とミトモが揃《そろ》って驚きの声を上げる。二人して少し目を離していた隙に神津は、今やベロベロに酔っぱらっているようだった。

「ちょ、ちょっと、神津さん、大丈夫かい？」

「やだ、飲ませすぎたかしら。お水、飲む？」

二人が心配そうに神津の顔を覗き込み、それぞれに労《いたわ》りの言葉をかける。

「大丈夫です。そうじゃなくって、僕はねえ」

全然『大丈夫』そうには見えない様子で神津はそう喚《わめ》いたかと思うと、突然、両手に顔を埋《うず》め、しくしくと泣き始めてしまった。

「こ、神津さん？」

「いやだ、泣き上戸《じょうご》⁉」

またも慌てて中津とミトモが、神津の肩を揺すり、顔を覗き込む。

「だからぁ、僕だって、秀臣さんのこと、信じてるんですよう」

と、神津は涙に濡れた顔を上げたかと思うと、うるさそうに二人が伸ばした手を振り払い、また同じような言葉を喚き出した。

「……とんだ酒癖の悪さね」

「意外だな」

ミトモと中津、二人して顔を見合わせる、それにかまわず神津は切々と、おそらく今日、中津を呼び出した理由らしき言葉を訴え始めた。

「お互いにもう、遠慮はよそうって……隠し事もよそうって。それがどれだけ相手を思いやったものであっても、やっぱり愛し合ってるんだもん、相手に秘密があっちゃあ、いやだって。だから僕たちにはもう、隠し事なんかないんですよう」

「……よ、よかったね」

「……ごちそうさま……以外に何を言えと？」

すでに神津を持て余しつつある中津とミトモがまたも顔を見合わせ、肩を竦《すく》めたそのとき、

「でもぉ！」

という神津の大きな声と共に、彼がグラスをタンッとカウンターに叩《たた》きつけた音が響き、二人はぎょっとして再び彼へと視線を戻した。

「おかわり！」

「も、もう、そのくらいにしといたら？」

「飲み過ぎはよくないしね」

泥酔した声を張り上げ、グラスを差し出す神津に、本当に意外な一面を見た、と、戦《おのの》きながら、ミトモと中津が声をかける。

「いえ！　今日は飲みます！」

べろべろに酔っぱらって尚、丁寧語を喋るあたり、神津の性格を表しているといえないこと

もない。が、丁寧語を使ってはいるが所詮《しょせん》は酔っぱらい、二人の言葉になど耳も貸さず、

「おかわり！」

と無理やりグラスを差し出してきた。

「……どうする？」

「うーん」

ミトモが中津に困りきった視線を向け、中津も中津で、これは上条を呼ぶしかないか、とスーツの内ポケットに入れた携帯に手を伸ばす。と、そのとき、不意に神津が、

「でもぉ！」

と、いきなり叫んだかと思うと、どうやら先ほど喋ろうとしたらしい話を唐突にし始めた。

「秀臣さんにはもう、僕に隠してることなんかないとは思うんですよう。でも、秀臣さん、やたらとモテるじゃないですかぁ。女だけじゃなく、男にもモテモテだし、しかも本人、そういうのに鈍感だから、僕もう、心配でぇ」

「……なるほど……」

そういうことか、と中津は思わず呟《つぶや》き、「おかわりぃ！」とミトモに向かってグラスを突き出す神津の姿をまじまじと見つめてしまった。

「何が『なるほど』よう」

困り果てたミトモは、酒一ミリ、残りは水をグラスに注いでやりながら、感心していた中津

に問いかける。

「神津さんが言いたいのは、上条としては自分に対して、一つの秘密もなくっても、あまりにモテるために本人の知らないところで、何やら修羅場《しゅらば》に巻き込まれるかもしれない、それを心配してる……ってことなんじゃないかな？」

「ああ、なるほどね～！」

抜群の洞察力をみせた中津に、ミトモが心底感じ入った声を上げたのに、

「そうなんですよう！」

泥酔している神津も叫び、中津の洞察力の確かさを証明した。

「まあ、ある意味、この間のイッちゃってる野郎も、ひーちゃんにベタ惚れだったってことだしねえ」

「アレはちょっと違うけど、まあね」

ミトモが例の、上条を逆恨みした挙げ句に神津や遠宮《とおみや》を誘拐した事件を持ち出したのに、中津は苦笑し頷《うなず》いてみせた。

「それにしてもホントにひーちゃんは、男にも女にもモテモテだったの？」

どうやらミトモにとっては上条はそう魅力的な男に見えないらしく、三十年来の付き合いのある中津にことの真偽を確かめてくる。

「まあ、モテてたよ」

「そして鈍感？」

「……まあ、そうだろうね」

問いを重ねたミトモに対し、中津はなぜかまた苦笑し、肯定した。

「わからないわねえ。あんたたち三人の中じゃあ、中津ちゃんが一番、ヒサモが二番だと思ってたわ」

「そりゃ、僕が目の前にいるからだろう？」

世辞とし か思えないミトモの言葉に中津が笑う。

「お世辞じゃないわよう。中津ちゃん、モテたでしょう？」

「モテないよ。ああ、高円寺はモテたけどね」

「あらあ、信じられないわ」

「秀臣さんもモテるんです！」

ミトモの声と、またも唐突に会話に加わってきた神津の声が店内に響き渡り、中津はやれやれ、と肩を竦め、同じく肩を竦めたミトモと目を見交わした。

「そこまでモテないと思うわよ〜」

ミトモがある意味失礼なフォローを入れ、神津の肩を叩く。

「そうそう、それにたとえモテたとしても、上条の心は神津さんのものなんだから、心配することないと思うよ？」

中津もまたそう言い、ぽんぽんと神津の肩を叩いた。

「……でも……」

神津が酔いに潤《うる》んだ瞳《ひとみ》を中津に向けてくる。彼がこうも心配しているのは、それこそミトモも口にしたあの、安西《あんざい》の恐ろしいほどの執着を見たためだろう、とわかるだけに、なんとかその不安を取り除いてやりたくて、中津は、

「大丈夫だって」

と微笑《ほほえ》み、力強く頷いてみせた。

「上条がモテたのは昔の話だ。当時彼はフリーだったからね。今は余程の物好き以外、彼にしつこくアプローチをしかける男も女もいないと断言できるよ」

「……どうして……？」

あまりにきっぱりした中津の物言いに、どうしてそうも言いきれるのだと疑問を覚えたらしい神津が問いかけてくる。

「上条は今、誰彼かまわず恋人のことを――神津さんのことを、吹聴して回ってるからね。新婚ボケ激しい彼に、コナかけようとする物好きはそういないよ」

「あ……」

中津の言葉を聞き、それまで散々絡んできていた神津の頬《ほお》が一段と紅《あか》くなった。

「そうよう。そんな物好き、そうそういないと私も思うわよ」

ミトモもまた中津の意見に同意し、「それにさ」と更に神津を安心させるようなことを言い出した。

「どんなアタッカーがいたとしても、あのひーちゃんが押し切られるわけないじゃないの。きっぱり断るでしょう」

「そのとおり。それが相手に対してのやさしさだと考える男だしね」

うんうん、と中津もミトモの意見に同意し、頷いてみせる。

「まあ、百万が一、押し切られることがあるとしたら、それこそ押し倒されるときじゃないのぉ？」

「押し倒される！」

神津が悲鳴を上げる中、

「あり得ないだろう」

と中津が爆笑し、ミトモも、そして神津もまた、

「そうよね」

「そうですよね」

と互いに顔を見合わせ、笑い合った。

「……ああ、なんだか……すっきりしました」

少しは酔いもさめてきたのか、神津がしみじみといった口調でそう言い、中津とミトモ、二

人に向かって、

「どうもありがとうございました」

と深く頭を下げる。

「まあまあ。女房妬《や》くほど、亭主はモテずってね」

「そうよう。絶対アタシ、ひーちゃんより中津ちゃんがモテると思うのよねえ」

「いや、それはない」

ミトモと中津、それぞれが神津にフォローを入れ、彼らのやりとりに神津も笑う。晴れやかなその笑顔を見て、中津もミトモも、やれやれ、と密かに胸を撫《な》で下ろしたのだが、まさかこのときミトモが冗談半分――どころか、百パーセント冗談として告げた、『百万が一』が間もなく現実のものになろうとは、未来を見通す力のない彼らにわかるはずもなかった。

飲み過ぎた、という神津をタクシーに乗せ家に帰したあと、中津は再びミトモの店を訪れ、

「お疲れ」とばかりに彼とグラスを合わせた。

「ほんとに、ごちそうさまよねえ」

やれやれ、とミトモが溜め息をつき、いつもは『別料金』のビールを飲むのに、今夜は中津らのボトルの酒をグラスに注ぎ、一気に呷《あお》る。

「まあ、神津さんにしてみたら、真剣な悩みだったんだろう」

二度と上条を危険な目に遭《あ》わせたくないと思ったがゆえ、相談を持ちかけてきたのだろうと

いう中津の言葉にミトモは、

「ラブラブねえ」

と苦笑し、グラスの酒を一気に呷った。

「ああ、ラブラブだね」

中津もまたミトモが注いだ酒を一気に呷る。

「どうする？　ひーちゃんに言う？　今日のこと」

ミトモの問いかけに中津は、

「そうだな」

と一瞬考えるように口を閉ざしたが、すぐにふっと笑い、首を横に振った。

「言わないの？」

てっきり言うと思った、とミトモが目を見開く。

「ひーちゃんをいい気にさせたくないとか？」

「まあ、それはあるけれど」

そうも神津に心配されていたと知れば、上条のことである、『俺がモテるわけねえだろ』と言いながらも浮かれてみせるに違いないが、それを阻止するためではない、と中津は苦笑しまた首を横に振った。

「あら、じゃあどうして？」

ミトモが不思議そうに問いかけてくる。

「僕が教えなくてもきっと、神津さんが自分の口から言ってるよ」

「……ま、そうでしょうね」

中津の言葉にミトモは納得したように頷くと、自分でドバドバとグラスに酒を注ぎ、それを一気に飲み干した。

「ああ、ごちそうさまよねえ」

溜め息交じりにそう言うミトモに、

「ほんとだね」

と微笑み、中津もまたグラスの酒を一気に呷る。

「そういや前にひーちゃんが言ってたわよね。うっすい膜《まく》がきれいさっぱりなくなったのが嬉しいとかなんとかさ」

ミトモが二人のグラスにまた、どばどばと酒を注ぎ、自分のグラスを持ち上げ中津のそれにぶつける。

「いい話だよね」

「いい話すぎて、一人モンには辛いわよ」

「ミトモさんって今、フリーなんだ？」

「あら、それを聞く？　中津ちゃん、いい度胸じゃなあい？」

グラスをぶつけ合い、やいのやいのと言い合いながらも、互いの目の中に宿る羨望《せんぼう》の影を認め、中津とミトモは、思わず顔を見合わせ苦笑する。

「あんたはいいわよ。相手がいるんだからさ」

「薄い膜一枚くらいはまだありそうだけどね」

苦笑する中津の肩をミトモが「頑張んなさいよう」とどやしつける。

「ミトモさんも頑張れ」

「アタシに何を頑張れというのよう」

絶対的な信頼関係を築き上げている恋人同士への羨望を酔いに紛らわせて騒ぐ二人の声は、その夜随分《ずいぶん》遅い時間まで——それこそその『恋人同士』が熱い抱擁《ほうよう》を終え、眠りにつくような時間まで、店内に響き渡っていた。

羨望
~コミックバージョン~
by 陸裕千景子
何よ ひーちゃん ヤケに肌ツヤいいじゃねぇか
あ?
つや つや
いや~ まーが俺がモテ過ぎるのを心配してたそうでよ
そんなもん聞かされたら ゆうべは えれぇ盛り上がっちまってよォ
俺がどんだけまー一筋なのかをカラダで分からせてやる!とかなんとか…ククク…
また ノロケかよ
ふぁあ…
しかし今回の事件は災難だったな
ああ まったくだぜ
ひーちゃん変な奴にもモテモテだからなぁ
あんだと?
ま 奴以上に最悪なケースはもう ねぇだろうよ
あれ以上に最悪ってどんなだよ
あー…
マッチョな大男にケツを追いかけ回されるとか?
確かにそら最悪だな!!
そーなったらお終《しめ》えだな!!
お前も俺も
わはははは!!

あとがき

はじめまして&こんにちは。愁堂れなです。

このたびは七冊目のB－PRINCE文庫、『淫らシリーズ』第五弾『愛は淫らな夜に咲く』をお手に取ってくださり、本当にどうもありがとうございました。

今回のお当番は、シリーズ中、最もバカップルの呼び声も高い上条×神津になります。神津も上条も、そして太郎もピンチに陥る本作が、皆様に少しでも楽しんでいただけましたら、これほど嬉しいことはありません。

イラストの陸裕千景子先生、本作でも素晴らしいイラストと心温まる素敵な漫画を、本当にどうもありがとうございました！　今回もまた漫画を描き下ろしていただけて本当に嬉しかったです！　これからもどうぞよろしくお願い申し上げます。

また、担当のN様をはじめ、本書製作に携わってくださいましたすべての皆様に、この場をお借りいたしまして御礼申し上げます。

そして何より、本書をお手に取ってくださいました皆様に、心より御礼申し上げます。ピンチを乗り越えますます愛を深め合った（バ）カップルと、三バカトリオの活躍、いかがでしたでしょうか。今回の書き下ろしは、今まで書いたことのない意外な組み合わせとなりましたが、こちらも合わせ、皆様に少しでも楽しんでいただけるといいなとお祈りしています。

よろしかったらどうぞ、ご感想をお聞かせくださいませ。心よりお待ちしています。

『淫らシリーズ』は『心は淫らな闇に舞う』の復刊と、オール書き下ろしの新作『淫らな背徳』を来月同時に発行いただける予定です。

また、小説ｂ－Ｂｏｙ八月号（七月十四日発売）では、淫らシリーズのショートをご掲載いただける予定になっていますので、こちらもどうぞよろしかったらお手に取ってみてくださいね。

またこの『淫らシリーズ』はムービック様より『淫らな罠に堕とされて』『淫らなキスに乱されて』『淫らな躰に酔わされて』『恋は淫らにしどけなく』をドラマＣＤにしていただいています。本当に素晴らしい仕上がりですので、是非是非、お聴きくださいませ。

また皆様にお目にかかれますことを、切にお祈りしています。

平成二十一年五月吉日

愁堂れな

（公式サイト「シャインズ」http://www.r-shuhdoh.com/）

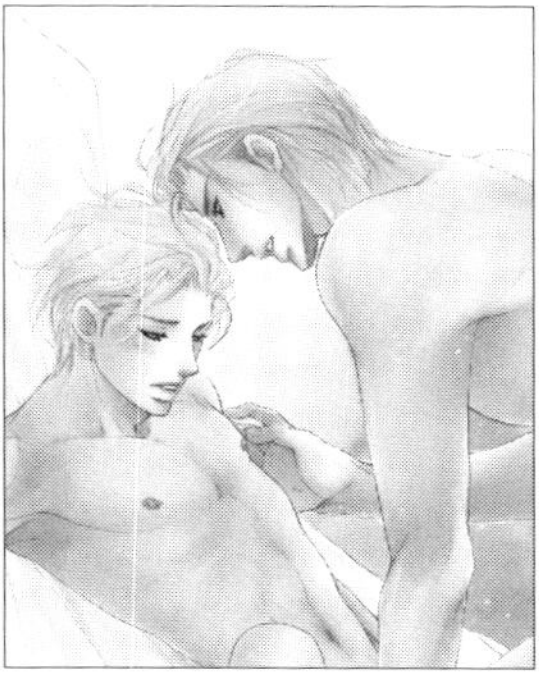

初出一覧

愛は淫らな夜に咲く

愛は淫らな夜に咲く～コミックバージョン～

※上記の作品は「愛は淫らな夜に咲く」('07年7月ムービック刊)として刊行されました。

羨望　/書き下ろし

羨望～コミックバージョン～　/描き下ろし

B-PRINCE文庫をお買い上げいただきありがとうございます。
先生へのファンレターはこちらにお送りください。
〒162-0825　東京都新宿区神楽坂6-46　ローベル神楽坂ビル4階
リブレ出版(株)内　編集部

B♥PRINCE
http://b-prince.com

愛《あい》は淫《みだ》らな夜《よる》に咲《さ》く

発行　2009年6月8日　初版発行

著者　愁堂れな

発行者　高野 潔

出版企画・編集　リブレ出版株式会社

発行所　株式会社アスキー・メディアワークス
〒160-8326　東京都新宿区西新宿4-34-7
☎03-6866-7323（編集）

発売元　株式会社角川グループパブリッシング
〒102-8177　東京都千代田区富士見2-13-3
☎03-3238-8605（営業）

印刷・製本　旭印刷株式会社

Printed in Japan
ISBN978-4-04-867836-0 C0193